中国科幻精品屋系列 ③   金 涛 总策划

飞碟来客

饶忠华　主编

科学普及出版社
·北 京·

图书在版编目（CIP）数据

飞碟来客 / 饶忠华主编．—北京：科学普及出版社，2018.1
（2018.9 重印）
（中国科幻精品屋系列）
ISBN 978-7-110-09296-5

Ⅰ．①飞… Ⅱ．①饶… Ⅲ．①科学幻想小说－小说集－中
国－当代 Ⅳ．① I247.7

中国版本图书馆 CIP 数据核字（2016）第 026636 号

策划编辑	徐扬科
责任编辑	付晓鑫
装帧设计	青鸟意讯艺术设计
插　　图	范国静　赵连花　郭　芳　刘小匣　刘　正
责任校对	杨京华
责任印制	徐　飞

出　　版	科学普及出版社
发　　行	中国科学技术出版社发行部
地　　址	北京市海淀区中关村南大街 16 号
邮　　编	100081
发行电话	010-63583170
传　　真	010-62173081
网　　址	http://www.cspbooks.com.cn

开　　本	710mm×1000mm　1/16
字　　数	180 千字
印　　张	13.25
版　　次	2018 年 1 月第 1 版
印　　次	2018 年 9 月第 2 次印刷
印　　刷	北京京丰印刷厂

书　　号	ISBN 978-7-110-09296-5/I・459
定　　价	35.00 元

序

世界上有很多人会做奇怪的梦，他们的梦又奇妙，又好玩。

在梦中，他们乘坐宇宙飞船，冲出大气层，飞上月球，飞向遥远的星座，甚至在银河的小行星上盖了房子，建了许多工厂和雄伟的城市。但是他们很快遇到了麻烦，宇宙大爆炸的冲击波毁灭了他们的家园，于是劫后的幸存者驾着飞船，成为孤独的漂泊者。

在梦中，他们像鱼儿一样潜入海洋，在深深的海底开采矿床，建造海底城市，也建成了海军基地和强大的舰队。正当他们雄心勃勃地扩张地盘、争夺海底富饶的钻石矿时，一场可怕的大地震爆发了，于是山崩地裂，海水沸腾，谁能逃过这场浩劫呢?

在梦中，他们进入了很深的地底下，居然发现地球内部还有一个世外"桃花源"，芳草鲜美，落英缤纷。那里的人像袋鼠一样跳跃走路，住在黑暗的洞穴里，有嘴却不会说话，只能用双手比画几下进行对话，如同人类聋哑人的"手语"，据说这是在地层高压下长期进化的结果。遗传学家考察后发现，这些地底下的聋哑人竟然和我们有相同的基因。

在梦中，机器人部队排成战列，每个机器人士兵都拿着激光枪和锋利的光子匕首，向着古老的城堡发起进攻，那是外星人盘踞的城堡，他们也不甘示弱，从城堡的枪眼里喷出的高温毒液，形成一片炽热的火海……

当然，还有很多梦，既稀奇又令人兴奋。比如:许多可怕的至今无法治愈的疾病，终于找到了特效药;分子型的微型机器人医生从血管、从食道进入人体的内脏，清除病灶、消灭隐患，创造了一个个生命奇迹。

还有很多很多，都是科学技术的新发明带来的惊人变化、创造的一个个人间奇迹，不用一一列举了。

这些梦，看似异想天开、玄妙荒诞，却也令人震撼、趣味无穷，它们写成小说就是科学幻想小说（也称科学小说），拍成电影就是脍炙人口的科幻电影。我相信，这是你们最喜欢的。

摆在你们面前的这部"中国科幻精品屋系列"，就是我国100多年来科幻小说的集中展示。它是由几代科幻作家，在不同历史时期，伴随科学技术的进步而创作的，也从一个层面反映了科幻小说家对于科学技术发明的殷切期望和美好向往。这里面多是描写科学技术的进步给人类带来的福祉，也有对科学技术成果滥用的忧虑。

这套书有一个很突出的特点：2000多篇作品，2000多个故事，时间跨度100多年，是按时间顺序编排的。阿拉伯文学中的经典作品叫作《一千零一夜》，这套"中国科幻精品屋系列"可以称作中国科幻的"一千零一夜"了。

这种分类方法一个很突出的特点，是可以很清晰地看到，中国科幻小说的题材与现当代科学技术的发明和传播相互之间密不可分的关系。这也说明，科幻小说尽管是幻想的文学，但它仍然植根于现实的大地之上。

我还想再补充一点，阅读科幻小说（以及看科幻电影），最大的收获不仅仅是长知识，而是增强你的想象力，这是训练一个人创造力的重要途径。"想象力比知识更重要"，这个观念已经被无数事实证明是有道理的。这方面的体验，只有通过阅读，不间断的、广泛的阅读，才能领会。

最后，我要感谢丛书主编饶忠华兄，并且特别感谢多年来支持丛书出版的科学普及出版社以及为此付出辛勤劳动的编辑们。

金　涛

2017年10月20日

目 录

致作者

　　1997 年起此套丛书在我社陆续出版，由于年代久远，有些文章作者的署名及联络方式已无从查考，故烦请相关作者与我们联系，我们将妥善解决署名及稿费事宜。

理想的翅膀

李绍明

有一天，我正在家里写作文，题目是《理想的翅膀》。爸爸从外边回来，看了我的作文题目后，高兴地说："这题目好。明天星期天，让你也欣赏一下我的理想的翅膀。"

第二天一早，我怀着好奇的心情，跟着爸爸来到汽车实验中心的道路试验场。我们刚到那里，一辆大客车就飞快地向我们开来。车门打开后，里面没有一个人，连司机也没有。

上车后，我看着这辆没有司机的汽车，问爸爸："这车是怎么开来的？""这是一辆无人驾驶的自动控制电子车。"爸爸又指了指一个圆盒子说："只要它发出信号，车子就会自己开动起来，不需要人操纵。"

车子在飞快地向前奔跑，我望着窗外美丽的景色，远处有一群水牛慢慢地向我们走来。这时，车上的黄灯亮了，电子车发出一阵清脆的喇叭声。可是，那些牛悠闲自得，仍然不肯离开公路。车子离牛群只有几十米了，车上亮起了红灯，在离牛群几步路的地方刹住了。放牛人瞪着一双吃惊的大眼，望着这辆奇怪的车子。牛群过去，车子又开动了。

不久，我们到了汽车实验中心。这里到处都是各种各样的汽车模型，房间周围摆满了各式各样的仪器。爸爸走到一个保险柜前，按了一下电钮，从里面走出两个非常漂亮的小姑娘。她俩很有礼貌地向爸爸敬了个礼，爸爸对她们说："开始工作吧！"她们走到电子计算机前，熟练地操作起来。一会儿，她们停止了操作，从计算机里取出一个像半导体收音机似的东西，捧着走到爸爸跟前给爸爸敬了个礼，说："请叔叔检查。"然后，走回保险柜里，保险柜的门随即自动关好。我正纳闷，"怎么把她们锁在保险柜里？"爸爸似乎看出了我的心思，神秘地笑着说："这两个是机器人，她们会操纵各种型号的电子计算机。"

吃过午饭，爸爸说："这回我们该坐飞机回去了。"原来，我们上午乘的那辆车只要改装一下，就成了一架飞机。爸爸叫我坐稳，就发出了起飞的信号。飞机很快离开了地面，向空中飞去，一会儿就到家了。

回家后，我赶紧摊开稿纸，把那篇作文写完。

《幼芽》，1979年第2期

聪明的罗米加

李绍明

在"六一"儿童节的文艺晚会上，罗米加正在进行独唱表演。听着嘹亮的歌声，妈妈和我禁不住热泪盈眶。

记得妹妹小米加出生时，全家都很欢喜。可是，小米加都长到五岁了，还是只会叫爸爸、妈妈、奶奶和哥哥，在说吃饭、睡觉等几句简单的话时，发音不正，吐词不清。更使人伤心的是，小米加显得越来越呆笨，有时甚至连好坏、香臭都不分。一个年三十的晚上，小米加去放鞭炮，偏偏又把右眼炸瞎了。从此，我们这个本来很幸福的家庭便充满了忧伤。

一天，爸爸从《现代医学》杂志上看到了关于大脑更换术的文章，于是我们一起来到了医院。在那里，老大夫用电子体征自动测定仪，很快就把妹妹的体温、血压、脉搏、肺活量和呼吸差等都准确地测定出来；还给小米加拍了大脑、眼睛和音带的图形。老大夫指着这些图形对我说："正常人大脑的表面有许多皱褶，而小米加因发育不正常，几乎没有皱褶；她的声带发育也不健全，因此影响了她的正常发音和说话的能力。"

我连忙问老大夫，能治好吗？他告诉我说："能，可以用人造大脑、人造眼和人造声带来更换。我们根据正常人体这些部位是由哪些物质构成的，经过科学的方法，人工制造出这些部位，并把它们移植到人身上。"老大夫还告诉爸爸、妈妈，手术以后要经过两三个月的观察，还要进专门的学校训练一个阶段。

"六一"节的前两天，我家突然接到了医院的通知，说罗米加要参加"六一"文艺晚会的演出，演出以后就可以回家了。

"哥哥！"小米加和妈妈亲热了一阵之后，突然扑向了我，把我从痛苦的回忆中惊醒。她现在已是那么聪明，那么活泼可爱。

《幼芽》，1979年第3期

海底明珠

李绍明

小康的爷爷在南海边的风云阁珍珠研究所工作。不久前，爷爷来信要他寒假去他们研究所参观。小康看了爷爷的来信，高兴得说不出话来，日夜盼望这天的到来。

放假后，小康带着作业，自己驾驶一架轻便的折叠式人力飞机，飞到了珍珠研究所。

下午，爷爷带着他到海边去看新造的一艘自动采珠船。采珠船的外形像一辆小轿车，全身透明，像是用玻璃铸出来的。他俩登上采珠船，坐在一张橡皮椅上，船徐徐开动，很快钻进了海里。小康好奇地问爷爷："船在水下航行，时间长了，会不会把人闷死？"爷爷用手指着一个方箱子说："不会的。那个方箱子能够从海水里分离出氧气来，供我们呼吸用；我们呼出的二氧化碳从一个小孔中排入大海。""怪不得我一点也不觉得闷！"小康惊叹地说。

船在水下行驶，海底的美景深深地吸引着小康。突然，有一条凶猛的大鱼向采珠船扑来。当它离船还有一二十米远时，一道白光在那鱼的头部闪了一下。大鱼在海中翻滚起来，不久，就向海底沉去……

原来，这是一条大青鲨，刚才爷爷用激光枪把它打死了。

转眼间，采珠船把他们带到一个海底的峡谷地带，这时船里的一盏红色信号灯亮了。爷爷说："这是报珠信号，在我们右前方20

米远的地方聚集了许多珍珠贝。"船自动转舵向那里开去，不一会儿，船在一块洼地上停了下来。爷爷按了一下电钮，船后一个斗形的舱盖自动打开，从里面伸出几只非常灵巧的机械手，把珍珠贝一个个抓起来，轻轻地装进舱里，装满一舱，舱盖自动关好，采珠船就自动返航了。一会儿，船从水下钻出了水面，在海上飞快地行驶着。

　　爷爷打开座位前的一扇小门，从里面取出一本写着《海底明珠》的画册送给小康。小康打开画册，都是他刚才在海底见到的景色。爷爷告诉他，这些都是装在船首上的快速自动彩色录像机拍摄下来的。小康对爷爷说："我将来也要当个珍珠专家。"爷爷高兴地点了点头。

《幼芽》，1979年第6期

同意接受订货

李学健

国外要求增加丝绸订货量的加急电报像雪片一样，送到我的办公桌上。我急忙给各省分公司发出了加急电报，要求他们增加出口量。结果他们纷纷回电说，由于生丝原料有困难，不能成倍增加丝绸的出口量。我正在为这件事一筹莫展的时候，经理提醒我说："不久前，不是有个中华造丝厂来联系，说愿意供应生丝吗？"我想工厂生产的总不外乎是人造丝、合成纤维，哪会生产真丝呢？但去碰碰运气也好。第二天，我就到中华造丝厂去了。

到了造丝厂，我问他们厂里的技术员老尤："听说你们这儿生产真丝？"我故意把"真"字的声音说得特别高。老尤笑着回答说："不错，是真丝。"他也把"真"字的声音说得特别响。

老尤陪着我到车间里去看看。在车间里没看到一条蚕、一只茧，尽是一些密闭的陶罐。我想这下子肯定搞错了，一定是生产的人造丝。我就又问老尤："厂里生产的是蚕宝宝吐的真丝吗？"老尤说："别急，别急。"他走到一个玻璃柜里，拿出一束细洁光亮、色泽鲜明、柔软而富有弹性的丝给我，说："你给鉴定一下。"我从中抽了一根，两手拉了拉，试了试拉力，还捻了捻，看了看纤维结构，最后用打火机，点着一小股丝头，把它凑到鼻子跟前一闻，真的是蚕丝呀！老尤在旁边看到我这副认真的样子也笑了。他指了指蚕丝说："这是用细菌生产的。"用细菌生产真丝，我还是头一回听说。老尤指着陶罐说："这里培养着一种能生产蚕丝的细菌。这种细菌是由大肠杆菌和蚕结亲产生的。蚕会吐丝，是它的染色体中有造丝基因。如果把造丝基因移植到大肠杆菌的染色体上，就能产生一种新菌种。给它充足的碳水化合物，它就能不断分泌出蚕丝蛋白。这种蛋白经过提纯、浓缩等加工，最后用喷丝头喷成与蚕丝一模一样的丝。"

原来是这样。老尤的话扫除了我的一切疑虑，生丝原料问题解决了。当天晚上，我就向各国公司回电："同意接受订货。"

《我们爱科学》，1979年2月号

中国年轻了

林岸殊　　张志光

程老是国家睡眠研究所的所长。今天正好是他88岁的寿辰，按照中国的传统习惯，88岁寿辰称做米寿，所以家里人——老伴、儿子和儿媳打电话来，一定要他回家过生日。程老正在忙着写《睡眠学初探》，不肯回家。正在争执不休的时候，他的小孙女小颖在电话里对爷爷说："今天学校里举行运动会，爷爷你一定要来看我参加60米赛跑。"小颖的话打动了程老的心，他爽快地说了一声："好！"

在市实验小学，程老看完了运动会，在回家的路上，一直在思索着："怎样加速培养这批幼苗呢？"

回到家里，全家吃了一顿丰盛的午餐。饭后，程老看着小颖对她妈妈说："这孩子很聪明，你得好好教她。"儿媳回答说："我白天上班，晚上想教她，灯一亮，她就想睡了。"程老说："我可以用科学的办法叫她晚点睡。"

第二天，吃过晚饭，程老给小颖吃了一粒红色药丸。小颖顿时感到精力充沛，没有一丝睡意。

深夜，小颖聚精会神地在复习功课，妈妈、爷爷都陪着她。当桌上电子钟出现了一个"0"字，并且发出了"起航"的乐曲时，小颖这才打了个呵欠，露出了一丝倦意。程老就叫小颖躺在床上，然后在她头上悬挂了一个"电眠仪"，按下电钮，电眠仪立即发出一阵悦耳的音乐。瞬间，小颖就进入深度睡眠状态。两个小时后，小颖醒来，两眼炯炯有神。儿媳妇感到奇怪，问程老："爸爸，小颖只睡了两个小时，能行吗？"程老解释说："电眠仪能放射出一种特殊的电磁波，与人体内的睡眠分子发生共振，从而破坏睡眠素，所以睡两个小时就相当于八九个小时。"初次试验就这样成功了。

后来，这一成果在实验小学里进行了扩大试验，结果，出现了一大批成绩非凡的儿童。于是，程老将他的研究成果写成了论文，送交科学院审查。

几年后，在这批非凡儿童中间涌现出许多数学尖子。程老的外孙女程小颖等五名少年大学生，在世界大学生数学比赛中进入了前十名，程小颖得了第一名。在发奖大会上，人们眼望着这批祖国优秀的年轻人才，感慨地说："中国年轻了！"

《科学之春》（试刊），1979年3月

青春常驻

刘后一

宇宙飞船以29.9万千米每秒的速度，前进在茫茫的太空。

这次我和张轸飞出太阳系，飞向比邻星的试航将要结束，再过几小时，就要回到地球上了。

我们在宇宙空间虽然只飞了一年，可是地球上却已经过了40年。送别时，我的女儿小天玑才十来岁，现在该50多岁了！她妈妈苗倩也该75岁了，不知道还在不在人世！

宇宙飞船在北京上空与科学宫停泊站对接后，我和张轸被引到各自的接待室休息和消毒。

虽然整天忙于接应新闻记者的电话采访和医务人员对我的健康检查与消毒，但我仍然感到日子过得很慢，天玑为什么不来电话呢？

电视电话机响了，屏幕上出现了50多岁的天玑和一个30多岁的女人。那个30多岁的人和苗倩一个模样，这可能就是我的外孙女吧。

正想问时，她激动得伸出双手，向我呼唤："天枢呀，你回来了！"

我惊愕了几秒钟，才认出她就是苗倩——我的爱人。她为什么还这样年轻？！

正当我迷惑不解时，只见天玑笑着对我说，"妈妈刚出医院，身体还很虚弱，不能让她过分激动，下星期你回到地面再细谈吧。"

好容易过了一星期，在回家的路上，天玑在汽车里滔滔不绝地对我说："你一定很惊奇吧，妈妈为什么会变得这么年轻？这是她

接受了生命储存的试验：采用简单的针麻和注射了一种复方螳蠃制剂，使妈妈处于休眠状态。当然，体内部分血蛋白和胸腺液被抽出

并且分别冰冻储存起来，那是准备受试者醒来后再注入体内用的。妈妈就这样休眠了40年，在这期间为了补充营养，妈妈曾经起来过两次。因为动物或人在休眠的时候，身体的新陈代谢并没有完全停止，只是以极缓慢的速度进行着，她除了吸收空气中的氧气外，还消化着身体里储存的养料。过两天，妈妈还要上医院去注射一次解冻血蛋白和胸腺液，也请你到我们医院去参观，我们实验室还躺着几个像妈妈这样的'病人'呢！"

《科学天地》，1979年第1期

猿人与机器人

刘后一

　　《学科学》杂志的编辑王华同志，通过电视电话约我为纪念北京猿人第一个头盖骨发现60周年撰写一篇文章。她是通过计算中心的机器人推荐，才知道我在十几年前曾为这家杂志写过一篇《猿人打猎》的文章。现在，编辑部决定请我写一篇猿人的故事。可是，这已是十几年前的往事了。从那时起，由于工作的需要，组织分配我搞基建工作，从此再也没有和猿人打交道了。十几年来，我国在古人类学研究上有了飞速的发展，现在要我写这方面的文章，还需要查阅大量的资料。王华建议我去找在燕京图书馆工作的王秀同志，王秀是王华的二姐。她会帮助我找到所需要的资料。

　　我通过电视电话找到了王秀，请她为我借一些人类学方面的书。王秀在屏幕上对我微笑了一下，说："人类学方面的书，成千上万，你要看哪一方面的？我给你一张书目单吧！"接着，书目单便在屏幕上显示了出来。我看完书目，要求给我看一些总结性论文。在屏幕上又立即出现了一篇陈智仁副教授写的论文。我用心地读着，其中有一段总结性的话，大意是：在第一个北京猿人头盖骨发现后30年里，科学家们做的主要是记录、分析各种科学材料的工作；而在以后十几年里，则进入了综合研究阶段，不仅对猿人本身，而且对他们所处的自然环境和社会情况都放在一起研究。近几年，则是把分析与综合方法紧密结合起来……

　　我想：这大约是过去60年来对北京猿人研究工作的总结，应该把它记录下来。于是，我按下了电视电话的"记录"和"复写"按钮，在电视屏幕下的一条缝里吐出了一张复印稿。这时下班铃响了，王秀还为我用激光全息照相准备好了大量的中外文参考资料，以便在她下班以后供我继续查阅。

　　我借助燕京图书馆的电子计算机，查阅了几个晚上的资料，复印了一大本文献。星期天，我约了老同学陈智仁副教授，坐上无轮气垫小卧车，到周口店"猿人之家"去参观。我对北京猿人的最新研究成果作了详尽了解后，正准备执笔撰写，基建局长给我送来了一大堆资料，要求我立即设计出修建古生物研究实验大楼的方案。

我正在审阅方案资料时，桌上的电视电话铃响了。王华在电视屏幕上笑嘻嘻地向我要稿子。我只得如实相告：我接到一个特殊的任务，看来猿人的故事这一期赶不上发稿了。王华听了，灵机一动，想出了一条妙计，建议我去找她的大姐王实。她在电子计算中心工作，经常替人家整理资料，确定方案。我听罢，立刻按下电钮，通过电视电话找到了她。我请她们那里的机器人帮助解决，她一口答应了，叫我把资料带去。

半小时后，我来到电子计算中心，在机器人的协助下，得出了一个最佳的设计方案。我告别了王实同志和机器人，回到办公室，向局长做了汇报。同时，建议今后和计算中心保持密切联系。

晚上，我排除了一切杂务，开始撰写，笔尖在稿纸上"刷、刷、刷"地响，一口气便写成了一篇《猿人和机器人》的科普文章。

《科学时代》，1979年第1、2期合刊

醒来的睡神

刘沪生　　黄　忠

卡林顿发明了一种能使动物睡眠的仪器。这种仪器能发出250种不同频率的电子振荡波，使动物的大脑霎时达到饱和，强制它们进入睡眠状态。科学院决定授予他一枚勋章，并批准他为科学院院士。正当卡林顿沉醉在美好的遐想之中，哪里会想到一场阴谋正在包围着他。

在授奖后的宴会上，卡林顿经科学院院长的介绍，见到了在科技部部长面前竭力保举他的棱茨教授。卡林顿虔诚地向棱茨教授请教下一步的研究方向。棱茨教授对他说："向人类进军，造福人类。"在宴会上，卡林顿还认识了棱茨教授的女儿贝特丽娜。俩人一见钟情，半年后就结婚了。正在他们准备出国度蜜月的时候，棱茨教授特意派人送来了两套华贵的礼服。

在国外的蜜月旅行中，贝特丽娜问他："你难道要在自己的祖国生活一辈子？"卡林顿说，他还要进行一段时间的研究，在那台被人叫做"睡神"的仪器能解除更多人的痛苦时，便请求旅居国外。

回国不久，卡林顿发现贝特丽娜的眼中总是留着泪痕，几次相问，她只是摇头不答。眼看妻子的面容日益憔悴，他心中非常苦闷。有一次，他在咖啡馆里遇到了老朋友基留钦，便把心事告诉了他。基留钦叫他在家中安装几只传视器。

两天后，基留钦给卡林顿看了一组奇怪的镜头：贝特丽娜在翻箱倒柜，仔细地察看棱茨教授送来的两套衣服上的纽扣。基留钦对卡林顿说："你下次外出时把礼服带走，有什么事可以通过传视器告诉我。"

卡林顿回到家里，执意要带走这两套衣服，贝特丽娜一再反对，并把卡林顿拉到花园里，向他诉说了回国后发生的事情。有一次，棱茨把贝特丽娜叫到书房里，询问了他们旅行的情况，并告诫她说："决不允许你们离开我，明白吗？"原来棱茨在礼服的纽扣里装了窃听器，他们在蜜月中的谈话，棱茨全听到了。棱茨一直在监视着卡林顿。

几天后，卡林顿来到一座精神病疗养中心，准备用那台叫"睡神"的仪器治疗一些精神病患者。他在翻阅病历卡时，突然发现了失踪多年的舅舅的照片，才知道这里是一座关押反抗者的集中营。卡林顿终于因为无法控制自己的感情而昏厥了过去。棱茨听到这个消息后，马上打电话给贝特丽娜询问。这时，贝特丽娜的母亲赶来了，一进门，就对贝特丽娜哭着说："今天从一个叛逃的外交官在国外发表的谈话中知道，棱茨是杀害你爸爸的凶手。"贝特丽娜的亲生爸爸叫雷霍特，原是棱茨的副手。后来，棱茨看中了雷霍特的妻子，故意让他卷入一个假情报的秘密交易旋涡，害死了雷霍特。在贝特丽娜两岁半时，她母亲不得不嫁给比她大16岁的棱茨。

雷霍特事件暴露以后，棱茨陷入了困境。棱茨马上派人到卡林顿家里去抢那台叫"睡神"的仪器。卡林顿的家门口响起了枪声，一颗子弹射进了贝特丽娜的胸膛。贝特丽娜用微弱的声音叫卡林顿赶快打开那台仪器。

卡林顿迅速戴好防护软帽，免得电子振荡波使自己的大脑达到饱和而进入睡眠状态。扳动仪器的开关后，仅仅几秒钟，门外的枪声就停止了，只见地上躺了不少人。这时，贝特丽娜只剩下了最后一口气。基留钦驾着飞行器降落在花园里。卡林顿向贝特丽娜的遗体告别以后，登上了基留钦的飞行器，向深邃的苍穹飞去。

《科学画报》，1979年9月号

神秘的耳环

刘沪生

正在住院的地质学家唐正，从一张光谱照片上发现了一种稀有的矿石，便想亲自到现场去看一看。研究所的领导担心他刚动过心脏手术，身体吃不消。想不到医院的张主任不仅同意他出院，而且还同意他到外地去考察。出发之前，张主任送给唐正一只精致的金属耳环，并叮嘱唐正的秘书小铃一定要让唐正时时刻刻都佩戴着它。

唐正的考察工作进展得十分顺利，身体看来也很好。有一天，大家正在吃晚饭的时候，小铃身旁的小皮箱忽然发出了一阵"咕咕"声。小铃急忙打开皮箱，拿出通话器。这时，在袖珍电视屏幕上出现了医院张主任的面孔。他对小铃说："你们晚饭吃的蘑菇有毒，不能再吃了。"大家听了，都感到十分奇怪："远隔千里的张主任怎么知道蘑菇有毒呢？""这是耳环告诉我的。"张主任回答说。那么，耳环是怎么告诉张主任的呢？这个谜一直留在小铃的脑子里。

又过了半个月，唐正和小铃乘着直升机来到矿区。在直升机着陆时，小铃背着的小皮箱又"咕咕"地响了起来。小铃急忙打开小皮箱，通话器中传来了张主任焦急的声音："立即给唐正服用'强心丹'，我马上派救护医生来！"张主任还没讲完话，唐正就已经呼吸急促，脸色发白。小铃赶忙给他服了"强心丹"，病情才稍有和缓。这时，天空出现了一架飞艇，很快就降落在他们的直升机

旁。从飞艇里走出两位医生。他们对唐正进行了检查后，又给他打了一针，然后把他抬上飞艇，送往医院去了。

几天后，唐正的身体恢复了健康。小铃问张主任："你怎么知道唐正要发病了？"张主任说："这全是耳环的功劳。它实际上是个电子监护器，能自动量体温、脉搏、血压，还能把这些数据变成无线电波发射出去。电子仪器比病人自己还要敏感。病人还没有觉察出来，我们的监护中心就已经知道了。"小铃又好奇地问："那么，为什么要做成耳环呢？""人的耳朵很像一个在母体中倒置的胚胎。耳朵上的穴位很多，通过这些穴位就可以窥探体内的一些细微变化。""原来是这样！"小铃心中的谜这时才全部解开了。

《少年科学画报》，1979年12月号

海　眼

刘兴诗

桂西瑶山，莽莽苍苍，是个风光绮丽的石灰岩地区。这里雨量充沛，但水都漏到地下，成了我国南方严重的缺水地区。

一个找水小组奉命来到瑶山，寻找地下水源。这里流传着许多和水有关的美丽的神话和传说。有个传说讲，碧萝寨水洞有个海眼，直通龙宫。人到龙宫可以得到珠宝，还可以向龙王讨到水来灌溉大地。他们在当地群众带领下观察了水洞，并没有发现什么特异之处。接着，他们又下到一个巨大的落水洞白牛潭，找到了水源，但对飞机遥感测到的地下水系，还是没有弄清楚。后来由于长期抽水，碧萝寨水洞露出了一个横洞，大概这就是传说中的海眼吧！他们从海眼进去，终于找到了巨大的地下洪流。地下河把碧萝寨水洞和白牛潭连在一起。

当地人民在地下河中建成梯级水坝，把水引到地面，解决了灌溉问题，还建立了水力发电厂。后来，又进一步开发地下河，建成了地下恒温游泳池、鱼种繁殖场等。由于地下水位抬高，瑶山处处缝隙中都有泉水流出，这里成了富饶而又美丽的地方。

《海眼》，少年儿童出版社，1979年11月

玫瑰猎户3号

刘 咏

陆挺看见窗外停着一个金黄色的扁圆形物体，立即站起来，打开窗子。他还没来得及细看，只觉得眼前白光一闪，就失去了知觉。

待陆挺苏醒过来，发现躺在一张沙发床上。不久，进来一位名叫拉卡的十六七岁的非洲青年。他用法语与拉卡交谈。拉卡告诉他，除了他俩以外，这里还有一个S．J．先生。

在餐室里，一位漂亮的姑娘端来了吃的东西。陆挺问拉卡："你不是说只有三个人吗？"拉卡回答说："我是指从地球上来的人。这位姑娘是其他星球上来的。"原来拉卡和S．J．先生也都是见到白光一闪以后，不知不觉来到这里的。

吃饭时，这位名叫巴蓉的姑娘给他们介绍了这艘名叫"玫瑰猎户3号"飞船的来历："我们来自距你们地球非常遥远的一颗星球。'玫瑰猎户3号'飞船用比光速快一倍的速度飞行，也要200多年才能飞到地球上。我们那里的科学家制订了一项宏伟的计划——勘探宇宙间有人类生存的星球，并与居住在这些星球上的人类联合起来，共同开发宇宙。请你们三位来就是要了解你们的身体情况、生活情况和风俗习惯，希望你们能和我们合作。"

接着，巴蓉姑娘带领他们参观"玫瑰猎户3号"。她说："你们

刚才吃的鸡、鱼和微型猪，都是在试管里用体细胞繁殖出来的。我们在宇宙中即使飞行几百几千年，食物也不会吃完。"走到一个圆形小门旁边时，巴蓉又说："这是为你们三人返回地球准备的小飞船。"后来，他们来到了一个小花园，只见小花园里一半盛开着火红的玫瑰花，另一半种植着水稻和小麦。有一个人正在收割水稻。巴蓉向他们介绍说："这位是驾驶员兼园丁那求支。"

　　陆挺跟巴蓉来到了实验室，只见一位伏案书写的老人与刚才见到的青年那求支一模一样，简直是一对双胞胎。实验室里的另一个老年妇人与巴蓉姑娘竟然也那么相像。原来，那求支和巴蓉姑娘正是从这两位老人身上的细胞培育出来的复制品。这样，就可以延续肉体、生命和精神，使飞船在宇宙空间中长时间的飞行。

　　突然，报警声四起，墙上的荧光屏上出现了S．J．贼头贼脑的影子。原来S．J．想劫持"玫瑰猎户3号"飞回地球去，便闯进了那求支的驾驶室。巴蓉姑娘气愤地跑出实验室。陆挺也紧随着奔去。在小花园里，他们看到拉卡正在和S．J．搏斗。S．J．用匕首刺伤了拉卡，逃跑了。

　　S．J．又来到实验室，正准备抢走桌上的一沓资料，却被老人的手抓住了。S．J．拿出匕首向他刺去，只见一道蓝色弧光击中了S．J．的手。匕首落地，S．J．扭头跑出门外，乘着小飞船逃离了"玫瑰猎户3号"。巴蓉对陆挺说："S．J．不知小飞船有一个秘密开关。小飞船在飞近地球时就会自行熔化，他将烧死在里面。"

　　陆挺和拉卡完成了合作任务，就要离开"玫瑰猎户3号"返回地球了。两位老人和巴蓉、那求支送他们上了另一艘小飞船。俩人安全地返回了地球。

《少年科学》，1979年第10～12月号

贝塔这个谜

刘肇贵

仿生研究所的所长石波教授和他的机器人贝塔突然失踪了。据情报，凌晨3点，从研究所3号实验室突然发出一阵特别警报，不久，石波教授的汽车就从实验室里开了出去……公安局局长林进认为，这可能是一件劫持案，一件非常复杂的国际阴谋案件。

与此同时，林进得到了另一个意外的消息：仿生研究所副所长任岐从国外打来电报，说他已动身回国，今天上午八时到达国际机场。

林进驱车去接任岐时，遇到了乘电子侦察车的侦察处处长余勇等人。余勇向他汇报了追踪经过：石波教授的汽车沿九号公路向南飞奔，看来有越过国境的意图，可是汽车快到边境时，又调过头来直奔国际机场；当我们追到国际机场时，一架巨型客机已经飞走，候机室里空无一人，石波教授的汽车已从另一边返回了。这时，研究所的值班室也向林进报告：石波教授的汽车已回来，可是没有石波教授和贝塔，里面却坐着任副所长，任副所长很不高兴，说所里再忙也不该派一辆空车去机场接他。林进认为，这是劫持者摆下的迷魂阵，他们上飞机的可能性小，而企图越过国境的可能性大。于是，他命令余勇驾驶"蝙蝠"侦察机，带上机器人阿尔法到靠近边境的地方，去寻找石波教授。

上午8点30分，余勇赶到了边境地区，在大雾弥漫的崇山峻岭中，"蝙蝠"侦察机像真的蝙蝠那样自由飞翔着。余勇来回搜索了两遍，都没有发现目标，便命令阿尔法到下面去执行侦察任务，如果发现石波教授和贝塔，立即进行录像摄影，把实况发回仿生研究所。余勇一按电钮，舱门一开，阿尔法便张开安装在背上的两只翅膀，飞了出去。

上午10点30分，余勇接到林进的通知：在105号界碑附近，阿尔法已找到了石波教授。从阿尔法拍发回去的录像实况表明，劫持石波教授的不是别人，而是机器人贝塔。林进要余勇立即前往那里，阻止他们。意外的情况使余勇十分震惊，贝塔是石波教授亲自设计的机器人，怎么会反过来劫持自己的主人，而且把劫持计划安排得如此周密？贝塔这个谜怎么解释呢？

阿尔法、贝塔和任岐的机器人伽马，都是仿生研究所制造出来的智能机器人。它们是所里各种机器人中的佼佼者，全按希腊字母命名和排列。老大阿尔法憨厚老实，服从命令。它有一双奇异的眼睛、一对灵巧的翅膀，飞起来无声无息，善于隐蔽，是个理想的侦察员。老二贝塔聪明伶俐，能自己读书看报，记忆力十分惊人，据说它在石波教授的辅导下，正在学习外国语言和仿生学的基础理论！它还有一只灵敏度极高的电子蛙眼，酷似神话中的"二郎神"，武艺出众，本领高强。老三伽马专长电子通信技术，在百里之外和自己的同类对话不需要任何通信工具，而且在对话过程中能做到绝对保密。这是因为石波教授在设计时，就有意用一根看不见的绳把伽马与其他机器人拴在一起。它们可以通过内部的特殊结构控制对方。这种控制完全撇开了原来输入的编码程序。

在边境地区，失控反叛的贝塔用手枪强迫石波教授向前走去。石波教授突然停止了脚步，眺望着一条小河——国境线。石波教授是十分了解自己制造的机器人的，他深信塞缪尔的话："机器不能输出任何未经输入的东西"。显然，贝塔现在"输出"的已不是原来他输入的东西了。那么，是谁偷换了贝塔的"灵魂"呢？石波教授正在沉思，背后响起了枪声，贝塔正在和阿尔法激战。可是没多久，阿尔法便被打伤了。

林进从任岐的谈话中，发现他已背叛了原来的信念，竟认为贝塔是自觉地劫持石波教授的。贝塔是个谜，任岐也是个谜，林进纳闷地想着。这时，余勇给他提供了一个情况：从贝塔现在的表现来看，好像是有人在对它进行遥控。

为了控制任何不测行动，林进作了周密的部署，然后大摇大摆地走进了任岐的实验室，和任岐下起棋来。棋下到中局，双方进入了短兵相接的紧张阶段。就在这时，劫持者贝塔在边境上感到茫然了。余勇看准时机进行突然袭击，可是贝塔避开了急速飞来的子弹，反而拉着石波教授快速走向河边。正在千钧一发之际，石波教授心生一计，命令贝塔背自己过河。贝塔背起石波教授，飞快地向河边走去。突然，贝塔倒下了，它的电源被石波教授掐断了。

林进和任岐对弈，也到了白热化的程度。任岐见自己败局已定，便将棋盘一推，领着伽马匆匆走了出去。林进感到任岐的行动反常，拿出袖珍密码电话机，正准备询问余勇发生了什么事。一颗子弹突然飞来，把电话机打得粉碎。林进抬头一看，窗外晃过任岐的身影。紧接着，又响了一声，这是朝任岐的背影打的。是伽马开的枪！林进更觉惊奇，伽马本是任岐的警卫员……

这是怎么一回事呢？余勇报告说：石波教授已经回到了3号实验室。他治好了阿尔法的枪伤，解剖了贝塔的"尸体"，找出了反叛的秘密，并使它复活了。石波教授现在正通过复活的贝塔，反控伽马，追击敌人。但林进还不明白，任岐怎么会变成了敌人？

石波教授知道，能搞乱贝塔的"神经"，继而操纵贝塔的只有伽马，而能够指令伽马的又只有任岐。然而，石波教授也不相信任岐会突然背叛祖国。在了解了任岐回国以后的一些情况后，石波教授初步判断，悄然回来的可能不是真任岐。

石波教授决定以自己为诱饵，巧设了一个陷阱，让那个真假不明的人自己走到3号实验室来看个究竟。走进来的果然是个假任

岐，石波教授一眼就看出他是贝塔的同类。

假任岐被推到了门外，一场恶斗在3号实验室外展开了。在贝塔和伽马的追击下，假任岐钻进了森林，陷入了重围之中，假任岐自知无法脱身，最终自焚了。

《科学文艺》，1979年第2期

一个盲人的手记

——我丢掉了拐杖

鲁 克

我是盲人，在盲人工厂工作。每天早晨，我就靠手里的拐杖，一边探路，一边小心翼翼地走路。

去年秋天的一个早晨，我刚出门，忽然听见一个男孩的声音："阿姨，你早！你在盲人工厂工作吧，我送你上班去！"从那天起，秦扶明这个小男孩天天来送我到工厂，从来没有间断过。

有一天我休息，秦扶明高兴地来告诉我："阿姨，那天我在电车上，听见两位医学院的伯伯聊天，他们正在研究给盲人用的眼镜。我请他们帮助你，今天就带你上他们那儿去配眼镜。"既然可爱的扶明这样说，我就跟他上医学院去了。

医学院的王教授对我的眼睛、耳朵进行了检查：视神经全坏了，任何恢复视觉功能的希望都不存在；而我的耳朵的鼓膜却完整无损，听觉反应灵敏。

过了一会儿，医学院的李教授给我的鼻梁上架上一副奇特的眼镜。它的眼镜脚不是架在耳朵上，而是贴紧在我耳朵后面靠近鼓膜的地方。

　　我试探着迈开脚步，小心地、缓慢地向前走了几步，耳朵里听到一些极其轻微的响声。再继续向前走，忽然感到声音有些异样，原来是脚碰到了一棵矮树。我马上被扶明搀住了。王教授说："老师傅，你记住，这是树木的回声。"又走了一段路，我感觉听到一种很清脆的声音，不觉停住了……渐渐我体会到了，不同的物体会给我不同的响声，而且我很快记住了各种不同物体的不同声音。我甚至能分辨大人与小孩的响声、小汽车与大火车的响声，因此没有多久，我就能比较自由、比较大胆地往前走了。

　　这种眼镜是科学家们精心研制而成的。它能发出几组特殊的声波，而且还能接收声波的回声，所以戴上它就可以"以听代看"了。

　　回家时，扶明又说："阿姨，我送你回家吧！"我说："不用了，孩子，我不是已经有了这副奇特的眼镜了吗？我可以自己走回家去了。"

　　可是扶明坚持说，我是第一次戴着这副眼镜，他还不大放心。等我戴熟悉了，就可以不再送我了。

《我们爱科学》，1979年4月号

"星野丸"之谜

鲁　克

　　华东打捞救助局的总工程师史超，应邀来到了海军司令部。邓司令员和他一起商量，如何打捞沉没在海底的一艘万吨级客货轮"星野丸"。

　　在雷参谋的陪同下，史总工程师乘坐着潜艇，进入了沉船附近的海底。在激光电视机的屏幕上，他看到了被炸成两段的丁字形沉船，也看到了正在考察和拍照的两个潜水机器人。然而，"星野丸"沉没在水底1000米处，用浮吊打捞是不行的，因为它只能应付水深500米左右的海区。

那么，怎样才能在短期内完成打捞任务呢？为此，史总工程师绞尽了脑汁。一天，他被红蜻蜓捕捉飞蛾的情景吸引住了：飞蛾正想溜掉，红蜻蜓一个急转弯，迎头俯冲下去，迅速张开三对足，一下子就把飞蛾抓住了。史总工程师由此得到启示，设计和制成了"T式多臂潜猎1号"。

"T式多臂潜猎1号"尚未下水，一条巨大的海豚——经过伪装的某国核潜艇，闯进了反潜部队的警戒区。从它尾部飘游出来的两条小海豚，游进了"星野丸"的驾驶室，从里面捧着一个金属保险柜出来了。正在这时，这两条小海豚被潜水机器人的冷冻枪击中，立即冻死了。用激光切割器割开一看，保险柜里装满了珠宝。

"T式多臂潜猎1号"提前十天潜入了海底，在自动导航仪的指引下向沉船驶去。它清除了沉船船面的起重吊杆等障碍物后，在史总工程师的指挥下，从船体两侧露出了五对蟹螯似的巨臂，沉船的前半段船体被后面两对巨臂抓了起来。

突然，"T式多臂潜猎1号"改变了航向，全速朝北直驶。原来，"巨大的海豚"从远处水底射来三枚水下微型导弹，企图击毁"T式多臂潜猎1号"。可是就在它发射导弹后三秒钟内，一声巨响，这艘海豚式敌核潜艇被我反潜部队炸成了两段。

已经抓着前半段沉船的"T式多臂潜猎1号"，驶到了沉船后半段船体上，前面三对巨臂抓着了沉船后半段。经过紧张的操作，断成两段的船体终于被拼合在一起。"T式多臂潜猎1号"胜利返航了。这时，远远望去，它像是抱着一条大青虫的大龙虾。

《儿童文学》，1979年8月号

神秘的电波

罗 丹

我们省新建成了一座食品合成工厂。它是运用模拟酶的技术，模仿绿叶光合作用，直接用水、空气和太阳能做原料和动力，合成蛋白质、糖类等物质，再用工业的方法，制造人们日常需要的"鸡""鸭""鱼""肉"和"大米""面粉"等，来满足人们对食品日益增长的需要。这在世界上来说，也是一项重大的科研成果。为此，我们对它的保卫也特别严密，日夜都有智能机器人在守卫。公安部门还把它的工作情况，用电视录像机做了详细的记录。

在省公安局的刑侦室里，电子报警器"呜呜"地长叫了几声。接着，荧光屏上出现了食品合成工厂保卫部长龚大卫的惊慌面容。据他报告：昨晚零点，监护重要仪表的机器人突然失灵，那台关键性电子控制仪被窃。整个工厂的机器立即停止了运转。

案情发生以后，公安局的电子侦察室召开了紧急会议，研究侦破方案，并在电视荧光屏上观看了当时记录到的情况：一个模样奇特的怪物，慌慌张张地在室外用激光手枪击坏了机器人的电脑，然后开启铁门，窜进室内，用一块厚厚的黑布，蒙住了录像机头，再把仪器窃走。但是，敌人没有想到仪器里预先已装有生物电波发射台。当他的手一接触到仪器，就会把他的脑电波发射出来。设置在公安局的生物电波接收器，就会马上收到"嘟嘟"的叫声，根据电波信号就能及时地找到那个偷窃仪器的罪犯。

据侦破得知：食品合成工厂保卫部长龚大卫的老婆，曾在外国留过学，归国后被调到厂里的医务室工作。一个月前，她的外国女同学以科学家的身份从我国路过，特地来拜访她。她盛情设宴招待了这位"好友"，并带她参观了工厂。之后，这位"好友"就乘飞机到另一个国家去了。3天后，厂里发生了这桩窃案。原来这个狡猾的间谍假装离去，又偷偷地潜入，击毙了机器人，闯进控制室，窃走了仪器，并企图转移视线，杀人灭口，狠毒地在龚大卫家里埋下了定时炸弹，炸死了龚大卫的老婆。最后，根据生物电台发出的信号，公安人员追到离国境线5千米的密林中，终于把这个狡猾的敌人逮捕法办。

《科学天地》，1979年第1期

太空里的强盗

罗 丹

昨天早晨4点半，我的助手小方在电视电话中告诉我："'未来号'卫星电站突然中断了无线电通讯，可能发生了意外事故。航天局领导要我们去卫星电站检查一下。"

"未来号"是不久前发射的一颗电站卫星。它有两块各为25平方千米的翼板，上面装有140亿个太阳能电池，不分昼夜地捕集太阳能，发出500万千瓦到1000万千瓦的电能，以微波形式输回地面。这个电站发生了问题，将对我国经济建设带来不可估量的损失。于是，我赶紧乘上"鱼形车"去航天局。

我穿好宇航服，带上激光手枪、生物电针、微型电台和袖珍电子望远镜，与小方一起登上了"东方红"宇宙飞船，飞向那无垠的太空。

我和小方登上卫星后，发现里面空无一人，值班员黄大华和童志伟去向不明，仪表也已被窃走，显然，在太空里遭到了强盗的抢劫。好在保险室里，还有备用的仪器，我和小方一边动手安装，一边把情况向航天局领导作了汇报。

工作了十几个小时后，我和小方都感到十分疲劳，不禁酣然入睡了。后来，我的心脏好像被什么东西震了一下。我连忙坐起来，发现小方不见了。这时，从门外闪进一个机器人伸过两只铁手，朝我抓来。我掏出激光手枪朝它开了一枪，"轰"的一声，它便倒在地上了。我悄悄地登上了送机器人来的飞船，发现在3个玻璃钢制的冷藏罐里，躺着3具尸体。我正想走近仔细看看，从我背后伸过来一双毛茸茸的大手，把我的激光手枪夺了过去。那个家伙朝我呵呵大笑："我知道你是一位精通五国文字的电子专家、宇航学家和研究太阳能的权威，希望你能同我们合作。"

这时，我正在思考一个反击计划，没等他把话讲完我就向他提出："作为谈判的第一个条件，希望能把我的朋友复活过来。""这没问题！"他看我有点动心了，就热情地要同我握手，我迎上去用力握住他的手。藏在我手指间的生物电针，刺进了他的手，他倒在地上一动也不动了。我立即将他投入1号冷藏罐，把他冷冻起来。

然后，我走到里面一个房间，翻阅放在桌上的电讯稿。原来他们想劫走卫星上的科技人员和仪表，然后炸毁卫星。正当我想把这些情况告诉航天局时，那个家伙又站在我的背后，发出一阵狞笑，并按了一下电钮。我连同座椅，一起跌进一个铁箱里，被关了起来。我真后悔，没有把他杀死。原来，1号罐是一个短暂冷藏罐，过了30分钟，人就会自动复活。现在怎么办呢？我取出微型电台，把情况告诉航天局。一个个脱险方案在我的脑海里闪过。有办法了，我用激光手枪烧开铁锁，只见那个家伙正在发报，我用激光枪一枪把他打死了。我从铁箱里爬出来，从冷藏室里把老黄他们转移到1号冷藏罐里，半小时后，他们一个个都复活了。

我们从敌人的飞船上取出一颗激光炸弹，调节好电脑控制仪，然后回到"未来号"上。在敌人的飞船飞离我们100千米时，我们发射了一颗激光制导炸弹，将空中强盗炸毁后，返回了地面。

《湘江文艺》，1979年2月号

第五号死尸

马光复

第五号死尸正待火化时，工人接到值班室的电话，说死者的家属从遗物中发现死者生前留下的遗嘱：把尸体捐献给"记忆研究所"做实验。死者的老朋友、记忆研究所著名神经学专家赵雅云，从火葬场办好领取尸体手续回到研究所，死者的孙子常大山和孙女常小梅已在等候他了。老赵关切地询问他俩的学习情况。小梅说："赵爷爷，我很喜欢数学，就是成绩不太好。"大山说："这可能是她小时候从七米高的地方摔下来，把头脑中的数学细胞都摔死了。"老赵给小梅出了三道数学题，她想了好久，才做出两道。小梅懊恼地说："我这破脑子，真笨！"

老赵安慰小梅："别急，我们可以用记忆传递的方法帮助你提高记忆能力。"

一次大胆的实验在小梅身上开始了。小梅的爷爷是个数学家，研究人员从她爷爷的脑细胞中提取了一种叫做"常RJI号"的物质。然后，在小梅的头上用激光手术枪开一个小孔，将"常RJI号"注射到小梅大脑的颞叶海马部位，再将头上的小孔封闭起来。

一天后，小梅醒了。她觉得有些口渴，床头的电脑录音器对她说："小梅，床头柜上有橘汁，请你自用。"她在喝橘汁时，门开了，进来的是赵爷爷和哥哥。哥哥从口袋里拿出一张纸，上面有几道数学题，小梅不到10分钟就全部做出来了。大山十分吃惊。老赵摸着小梅的头说："这是你爷爷的脑细胞物质在起作用啊！这叫做记忆传递，是一门崭新的学科。你爷爷头脑中的'常RJI号'对数学演算特别敏感，注入你的大脑，就可提高你对数学的理解力和记忆力。当然，记忆传递也不是万能的，还要有勤奋不懈的学习毅力。"

从此，小梅的记忆力和对数学的理解力有了明显的提高。在一次全校数学比赛中，小梅还获得了第一名。

《幼芽》，1979年第5期

月夜猴影

缪　士

小新放学回家，发现桌上有一大堆黄梨。恍惚间，他觉得窗上有个黑影，抬头一看，黑影又不见了。小新急忙告诉妈妈。"是猫吧？"妈妈说。小新指着桌上的黄梨："这又是谁送来的呢？"妈妈听了也感到奇怪。

半夜，一只猴子从屋檐上下来，隔着玻璃窗观看躺在床上的小新，好久以后，才恋恋不舍地攀上屋顶，并发出含糊不清的字音："xi-ao xi-ng"。顷刻之间，它又消失在融融的月色里。

第二天，小新随妈妈去探望邻居张伯伯。张伯伯因患脑病，大脑半球被切除了一小块。他仍像平常人一样能思考和说话，但见了小新却一点也记不起来了。他问妈妈："这是谁家的孩子？"小新听了十分伤心。

张伯伯把他在医院里听到的奇怪消息告诉了妈妈："三天前，医院里失踪了一只猴子……"小新立刻就想起家里发生的怪事，那毛茸茸的东西，肯定就是这只猴子。但是，它又为什么偏偏要来咱家呢？实在难以理解。

在医院的实验室里，妈妈把家里的怪事告诉了一位老医生。老医生马上露出兴奋的眼光。他告诉小新和他妈妈说："我们从张伯伯大脑上切除下来一小块脑组织，把它移植到一只猴子的大脑里，所以，留在张伯伯脑细胞上的有关小新的痕迹，也被移植到猴子的大脑中去了。猴子越窗逃跑后，特地弄来一堆黄梨送给小新，因为它已认识小新的面貌，知道小新爱吃梨，也记得小新的住处……"

"原来是这样。"小新终于弄明白了张伯伯为什么记不起他的原因了。

《少年报》，1979年1月3日

喷火的穿山甲

聂 波　　侯佐澜

　　一天晚上，我坐在陈总工程师房里，静候他的到来。忽然，隐约看见有个人在窗前，手支下颌在月光下沉思。我正想走过去看个究竟，影子又不见了。这时，门被撞开了，进来一个年轻人，他使劲地看着我的眼睛。陈总也从门外进来，急切地问我："没什么吧？"我回答说："没什么呀！"陈总对我说："刚才那个影子是我们在搞试验，一般人看了，眼睛要变得视物模糊，甚至失明。"这时，我心中纳闷起来了，陈总怎么会知道我看见了那个影子呢？我正想问的时候，陈总告诉我："你来这里，一只装有红外激光夜视装置的侦察员穿山甲，就一直在观察你。我在实验室的荧光屏上看到你和那个影子，所以就马上赶来了。"

　　他叫我跟他到一个实验室去，并将我家里的地址"告诉"了一台电子计算机。过一会儿，荧光屏上出现了一只蓝绿色的穿山甲，直向远处飞去。几分钟后，荧光屏上出现了我爱人和孩子的画面。陈总对我说："穿山甲根据我的命令，找到你家去了。"他还说："这些穿山甲不仅能找人，而且还能喷火呢！"陈总答应下一次带我到白螺矶去看看喷火的穿山甲。

过了几天，我和陈总两人乘着一辆海底车到白螺矶去。海底车开得非常快。我好奇地问陈总："万一海底车在路上碰到了一块大石头，怎么办？"陈总说："那也不要紧。"陈总让海底车对着一块大岩石开去，在离岩石不远的地方，从车底下窜出一只2米长的穿山甲，喷出红色的火焰，那岩石同火焰一起化为乌有。喷火穿山甲又回到了车底下躲了起来。海底车到了白螺矶，我和陈总两人下了车，这里正在建设一个海底城市。陈总带我走进一个山洞，看见一只只穿山甲向岩石喷火，这里正在打一条通海的航道。我再想到另外的地方去看看，不知不觉地走到一个巨大的洞口，洞外是湛蓝的海水。我坐在一块灰褐色的岩石上，欣赏着美丽的大海；忽然，这块岩石动了起来，把我掀到了海里，原来这是一条大鳄鱼。接着，两条巨大的肉柱吸住了我的肩膀，我被章鱼抓住了。正在我危急的时候，来了一只1米长的穿山甲，朝着章鱼和鳄鱼喷火，把它们都烧死了。陈总和助手们也赶来了。原来，陈总发现我不见了，他就派了一只穿山甲来找我，给我解了围。至此，我对喷火穿山甲真是佩服得五体投地。

《广西文艺》，1979年8月号

奇异的历程

莫里林

公元A年的一天，杨维忠和陈莉夫妇俩驾着小轿车到白云岭去春游。突然，一个巨大的、圆盘形的飞行体徐徐降落在他们前面不远的地方。杨维忠拿出摄影机刚要拍照，手臂一阵麻木，就失去了知觉；他的爱人陈莉也像被什么刺了一下，昏了过去。

　　过了不久，杨维忠发现自己躺在一张沙发上，整个身体除了头部外，都不能动弹。这时，从门外进来一个机器人，给杨维忠的鼻子滴了几滴药水，杨维忠麻木的身体开始能动了。机器人又走到另一张沙发旁，给陈莉的鼻子也滴了几滴药水，陈莉也能动弹了。机器人向他俩介绍说："我叫摩尔，你们有事找我好啦！"说着就转身走了。他俩正想讲话的时候，从屋角里传来一个人的讲话声。他们走过去一看，在一张沙发上还躺着一个老人，他也像他们刚才那样，除了头以外，整个躯干像石头一样僵硬。老人自我介绍说："我叫洛斯，住在天狼星的一颗伴星贡洛星上。几年前，贡洛星球派出我们4个人乘一艘飞船去地球访问。在飞行途中，我们遇到了另一艘飞船，后来两艘飞船对接在一起，我的另外三个同胞被他们派出的几个机器人杀死了，我被他们抓了起来。我的仆人机器人摩尔被他们改装成监视我的恶人。"这时，外面传来了摩尔的声音，"不许讲话！"杨维忠夫妇只好各自回到自己的沙发上。

　　有一次，杨维忠想了一个办法，从摩尔的磁盘中偷了几滴药水，悄悄地滴入洛斯的鼻子里。洛斯也能从沙发上爬起来了。这天夜里，洛斯把杨维忠和陈莉领到一个地方，告诉他们：这里有一个紧急出口。如果要逃离飞船，只要念上三遍NGGO，按下左壁上的第七个按键，再按下右壁上的第七个按键，飞船上的所有舱门都会自行封闭，就再也不会有人来追赶你们了。

　　洛斯正要去按按键的时候，摩尔和两个机器人突然出现在他们眼前，摩尔用激光枪把洛斯打死了。杨维忠和陈莉又被关在原来的房间里。

　　从此以后，他俩又丧失了自由。但过了不久，摩尔又来给他俩滴药水，并对他们说：要对他俩进行冷冻，在冷冻前给他俩半小时的自由。在摩尔走了以后，他俩商量着对策。

　　过了半小时，摩尔又来了。杨维忠借口要洗澡，走进洗漱间，摩尔紧跟着进去。杨维忠用一桶冷水把摩尔淋了一头。陈莉趁机割断了摩尔身上的电线。摩尔倒在地上。杨维忠马上给它更换程序，接通了电线。摩尔开始听从他们的指令了。

他们两人正准备逃离这艘飞船的时候，杨维忠在通道里碰着了警报器，响起了一阵尖厉的鸣声。杨维忠叫陈莉赶快跑出去，由他来对付飞船上的人。他按下了左壁上的第七个按键，又按下了右壁上的第七个按键，飞船上的所有出口都自行封闭，再也不能去追赶陈莉了。陈莉逃离飞船，回到了地球。但是，杨维忠却留在飞船上，不知飞向了何方。

《广西文艺》，1979年12月号

起死回生

潘洪君

姬汉鹏是国内外享有盛名的脑神经专家和心血管专家。他发明的促进血液凝固的新药，代号XZ，能很快地控制住人体各种外出血和内出血；而他发明的另一种代号为XY的新药，则能使已经凝固的血液溶解，恢复血液的生化效能，使废血立即变成鲜血。更为神奇的是，血液一旦加入XY，就冲破了不同血型不能输血的禁忌，大家都变成万能输血者了。

最近，姬汉鹏的头颅移植研究，又获得了重大进展。经过训练的老黑狗的脑袋，已经成功地移植到小黄狗的身上；一只小公猴的身上已安上了老母猴的脑袋。姬汉鹏沉浸在初步成功的欢乐之中，他带着妻子和儿子来到了连襟张戈的家里。

张戈也是一位科学家，他的一项研究早为国内外所关注。一些报刊上介绍说，这个研究项目如能获得成功，将是一次突破，会震动整个生物界。可惜年过60岁的张戈已患上了致命的疾病：风湿性心脏病晚期，肝扫描又发现了癌肿。

可怕的事情终于发生了。张戈正在实验室里工作时，心脏停止了跳动。许多著名医生闻讯前来抢救，可是到头来仍是无能为力。为了拯救张戈的这项科研项目，姬汉鹏不怕冒风险，毅然提出把自己的研究成果，大胆地用在张戈身上。

他给张戈注射了XY，使凝固的血液重新复活，并利用体外循环机代替心脏，保证张戈的小循环正常进行。张戈的面部终于渐渐恢复了红润，他像睡醒了似的，睁开了眼睛。可是，到哪里去寻找一个健康的身体呢？

正巧一个因脑外伤急诊入院的棒小伙子蒋生，因为从六层楼上掉下一块砖头，把脑颅骨全砸碎了，生命已经结束。蒋生的父母听说尚能使儿子的身躯复活，并能拯救一位大科学家的生命，便欣然答应献出儿子健康的身躯。

医务人员急忙为已故的蒋生注射XY，使身体里的血液复苏，而好几位著名的显微外科专家，则协同姬汉鹏把张戈的头部移植到蒋生的身躯上。

姬汉鹏的"移花接木"术，给青年蒋生赋予新的灵魂，给张戈以新的生命。蒋生的头部和张戈的遗体将要进行火化，得到第二次生命的张戈去向自己的遗体告别。他激动地说："我一定把研究项目做完，来报答党和人民对我的厚恩！"

《科学时代》，1979年第1～2期

KK访问科学村

任明耀

1990年6月1日，阳光灿烂，碧空万里。今天我要到科学村16号访问科学家陈一，并参观他最近研制成功的机器人。

到了科学村，我找到了16号，正要敲门，忽然绿色大门自动打开了。一个年轻美貌的阿姨走了出来，向我招呼："KK小朋友，请进来吧！"我刚进门，绿色大门就自动关上了。"科学家陈爷爷在家吗？""陈爷爷？"阿姨愣了一下，马上又微笑着说："在！他在实验室工作，现在正忙着。你先到会客厅里休息一下。"我焦急地说："阿姨，带我去参观机器人吧！""不用急，你会看到的。"我将信将疑地问："机器人真的会做不少事，回答不少问题吗？""真的，你有什么问题可以先问我。"阿姨回答说。我出了一道因式分解题给她做，她很快就做完了。我暗暗吃了一惊，又问了一道化学题，她也对答如流。这时，她说："请等一下，另一个小客人来了。"不一会儿，她把小客人带了进来，原来是我的同班同学玲玲。

玲玲一进门就说："好阿姨，快把陈爷爷找来，让我早点看到那个机器人。我还要向它提问题哪！""你有什么问题？可不可先对我说说？""外语你也懂吗？""懂一点。"我和玲玲考了她英语、日语和俄语，她都能回答出来。我再也找不到要考她的难题了。倒是玲玲会出难题："哥德巴赫猜想你也懂吗？请你说说看。""哥德巴赫猜想……"她一口气说了一大套，我们听得佩服极了。

正好到了12点钟，一个40岁左右的中年男子和一个30多岁的妇女一起走了进来。她马上向我们介绍说："他就是你们说的陈爷爷。"陈叔叔听了哈哈大笑起来。陈叔叔指了指那个女人说："她是我的爱人，我的助手。"玲玲马上叫了一声："婶婶好！"玲玲又急着问："叔叔，你发明的机器人在哪里？快带我们去看看吧！"陈叔叔笑了笑说："你们不是早就看到了吗？！""在哪儿？"玲玲惊叫起来。我也在到处找。"就是这个阿——姨！"站在旁边的婶婶指了指。阿姨也点着头说："我就是机器人嘛！"我和玲玲摸了摸阿姨的手脚都是软的，一点也不像机器人的手脚。玲玲把阿姨的耳朵拉了一下，阿姨的脸孔马上翻了下来。啊！里面都是密密麻麻的零件，我和玲玲顿时愣住了。正在这时候，电话铃响了，省里来电话，要陈叔叔去飞机场迎接美国科学代表团。陈叔叔问我们："一起去好吗？"我和玲玲高兴得跳了起来。我们与机器人阿姨告别时，机器人阿姨说："欢迎你们下次再来科学村！"

《东海》，1979年8月号

古怪的新朋友

赛 德　杨惠临

少年科学考察队的小明，在P山上发现了一个在地图上都没标明的山洞。

P山管理处派了直升机来到少年科学考察队的营地。从直升机上走下一个表情冷漠的人，她自我介绍说："我是D315。"接待她的小明感到好生奇怪："辅导员要我把你领到那个山洞去。"

他俩走到一个隐没在草木丛中的山洞口。小明拿着阿D给他的照明灯开路。大约走了十多米，他们在一个石雕符号前停了下来。"你看这是什么？"小明用手指了一指。阿D却朝着对面的洞壁看去，"这是多么精彩的壁画啊！"阿D喊着。等小明用灯照着去看时，什么东西也没有。阿D告诉他："那上面的颜料早已变黑了，所以用肉眼看不见。我的眼睛可以发射和接收红外线，所以能看到上面的画。"阿D从皮箱中拿出画笔和练习本，迅速地勾画出壁画的轮廓。小明看到了屋宇、仙女……

他们继续往山洞深处走去，发现了一条暗河，河上架着一座木桥。小明刚踏上去一只脚，木桥就断了。阿D一步上前，拉住了小明，而她却摔到了河里，断了左臂，但是一滴血也没流。原来，阿D是一个机器人。

后来，他们来到了一间干燥而通风的石室，里面有石桌、石凳……阿D对小明说："传说这里有一座道教寺庙，终年有几个道士在这里炼丹。不知何年，庙宇焚毁，山洞也被山崩封堵，去年的地震造成了山石裂缝，你才发现了洞口。"阿D用电视摄像机把这里的情景都拍摄下来，准备以后请专家鉴定。

他们返回营地时，阿D像害了心肌梗死似的，一下子失去了"知觉"。辅导员和同学们都十分焦急。小明却胸有成竹地说："不要紧，给阿D补充能量就行了……"

《少年科学画报》，1979年11月号

龙宫采宝人

施鹤群　　朱玉琪

小张和小周是电子计算机和生物学专业的大学毕业生。他们刚到海洋矿务局报到，李局长为了使他们明白海洋矿务局工作的特点和意义，就让他们参观了海底矿区。在深水潜艇的大型屏幕上，他们尽情地欣赏了海底世界的各种鱼类。特别吸引他们的是一条条既欢乐又忙碌地来回游动着的海豚。经介绍，他俩才恍然大悟，原来所谓"龙宫采宝人"，就是这些川流不息的海豚。更使他们惊奇的是，往日弱小的海豚，今天却能在鲨鱼、大王乌贼等凶猛动物的袭击下，镇定自若，临危不惧；而且经过一番搏斗，不是把这些天敌击败赶跑，就是将它们置于死地。今天的这些海豚，为什么会有这么大的能耐呢？他们终于从一条受伤的海豚身上，解开了埋在他们心里的这个疑团。原来，这些海豚并非真正的海豚，而是装有驱鲨剂和其他报警设备的机器海豚。

《科学实验》，1979年5月号

巨艇的沉没

司马春秋

由昂斯教授率领的海洋考察船正在预定的海面考察。突然，天空中出现了一艘巨艇，降落在考察船附近的洋面上，接着，渐渐地沉入海里，再也找不到它的踪迹了。

第二天，考察船上的里森，发现在两海里外的洋面上有无数银白色的碎片，在阳光照耀下，闪闪发光。这一奇怪的现象，使里森马上惊叫起来："快来呀!"昂斯教授和船上的人都跑上甲板，教授看到这一奇怪现象，马上叫里森驾驶一架直升机前去察看。

直升机在碎片上空缓慢地下降，里森发现那些闪着银光的物体竟是排列整齐的抛物镜，它们始终朝着太阳。这一不可思议的景象，使里森忘记了在驾驶直升机，差一点连人带机掉入海里。

里森把这一发现向教授做了详细汇报。教授认为，这些抛物镜可能与巨艇有关，要里森准备潜艇潜入海中去侦察。

潜艇下潜了。忽然，从对讲机中传来了里森急促的声音："教授，潜艇操纵失灵。"教授马上命令他返航，可是已经来不及了，里森的潜艇被一股强大的引力拉向洋底的深渊，教授痛苦地垂下了头。我望着教授说："让我去作第二次侦察，只要测出引力半径，是可以找到引力边缘的。"教授没有立即同意，叫我先去睡觉，明天再商量。

第二天上午，教授同意了我的想法。我便驾驶直升机，在海洋上空找寻抛物镜群。在距考察团四海里处，我发现了抛物镜群，马上放下引力测试仪，测得引力为零；可是，随着仪器的下沉，引力急剧地增大，并且出现了脉冲值大得惊人的异常引力强度。以后，我又进行了4次核对，结果都一样。

第二天，我驾驶潜艇下潜。在离开引力中心300米以外盘旋下潜。开始时，艇上的引力探测仪一动也不动；突然，一股强大的引力，把潜艇死死地拉向大洋深渊。我立即向教授做了报告，没容我讲上几句话，潜艇已经撞到一个支架上，潜艇四周的海水随即消失。支架带着我的潜艇一起向前滑去，经过一道门后，发现里面站着一位老人，他用英语对我说："欢迎你，西方姑娘。"我从潜艇里走出来，他却撩起天鹅绒壁毯走了进去。当我走进里面时，迎面走来的一个人，正是里森。他向我介绍了这位老人——世界著名的海洋地质学家洪教授。这时，老人也走了进来。我们向老人提出了许多问题，他一一作了解答："你们现在正在那艘沉没的巨艇上，洋面上的抛物镜群将太阳能变成电流，以脉冲形式快速充电。这就是200米场强半径的电能。你们一定也测到了这个引力半径。在艇上装有磁炮，它既可以定向吸引，又可以变成高速旋转的旋风。任何物体进入它的作用范围，都会高速旋转像一个陀螺，失去反抗能力。"老人领着我们边走边参观，并且向我们介绍说："这艘巨艇是一个金属冶炼厂，能把海里的锰结核冶炼成纯锰块。"

我和里森在艇上住了几天，会见了艇上的科学家。我们在返回考察船之前，向洪教授告别，他要我们向昂斯教授问候。

潜艇离开巨艇，很快浮到了水面。我们回到了考察船上。

《鸭绿江》，1979年9月号

鼻子的问题

苏史华

一个中学生患了鼻病，治疗了八年仍不见效。为此，他十分苦恼。

根据报上的介绍，他找到了专治嗅觉失灵的鼻腔医院。在诊察室里，医生用电子气味发送机对他作了检查，并告诉他："你的鼻子糟透了，我们会给你一个最好的鼻子。"

次日下午，医生把两片半透明的薄膜——嗅膜，分别植入他的两个鼻孔。顿时，奇迹出现了，他闻到了多年来闻不到的各种气味。

原来，有气味的物质会发出一种特殊的微波。微波刺激嗅觉器，就引起了对气味的感觉。电子气味发送机就是在研究了许多有气味物质发出的微波后制成的。也有人认为，当嗅觉器官感受到正在运动的有气味物质的分子时，就引起了气味的感觉。一旦鼻腔黏膜中的嗅神经末梢细胞，因慢性炎症而发生病变，人的嗅觉便失灵了。为什么植入嗅膜可以恢复嗅觉呢？这是因为这嗅膜实际上是微型无线电自动收发报机。它既能把空气里的气体分子吸收下来，"翻译"成电波；又能直接接收微波，然后根据病人嗅觉失灵的程度，把这些微波放大、加强，再发送给嗅神经末梢细胞，使之恢复知觉。于是，病人的嗅觉便得到了矫正。

《辽宁科技报》1979年9月24日～10月8日

宇航员的归来

童恩正

公元2080年的一天，少先队员们来到了宇宙机场，欢迎宇航员赵小明从织女星座归来。

在"小人书"上——这已不是印在纸上的书，而是大小厚薄和现在的小人书差不多的电视机，少先队员哈希、方方和他们的小伙伴看到：80年前，我国最年轻的宇航员——18岁的赵小明离开地球时的情景。赵小明乘坐火箭飞机进入轨道，和光子火箭会合，然后启动光子火箭，以29.9万千米每秒的速度，脱离太阳系，飞往离地球有27光年之遥的织女星座。

赵小明的妈妈也来了。她是来接自己阔别80年的儿子的。由于注射了抗老血清，与当年相比，她的模样变化不大。

在候机大厦前面的壁式电视屏幕上，人们看到：地球上派出去的火箭飞机，靠上了光子火箭，赵小明乘坐着火箭飞机返回地球了。火箭飞机的舱门缓缓地打开了，令人惊奇的是，出现在人们面前的赵小明，并不是一个年近百岁、老态龙钟的人，而是一个20来岁的小伙子。

这是怎么回事呢？哈希和方方向一台小小的储存着各种资料的电脑请教。

电脑回答说："这是因为他的火箭是用接近光的速度飞行的。在这种情况下，火箭上的时间变得很慢很慢，人的新陈代谢也变慢了，生命也就延长了。当赵小明的光子火箭达到29.9万千米每秒钟的速度时，火箭上时间的流逝，只有地球上的1／38。这样，地球上虽然过了80年，但赵小明在火箭上却只等于过了2年，他自然不会变老。"

　　望着宇航员那年轻光彩照人的脸，孩子们的心飞向了浩瀚、神秘的宇宙空间。

《儿童时代》，1979年第2期

珊瑚岛上的死光

童恩正　　沈　寂

科学家赵谦教授侨居在N国W城。他立志要为祖国作出贡献，决心献身于科学。赵教授率领着女儿梦娜和助手陈天虹，经过了10年的艰苦研究，终于研制成功了高效原子电池。

高效原子电池体积小，能量大，有很大的实用价值。各地商人闻讯纷至沓来，竞相抢购专利权，但都被赵教授断然拒绝了。欧洲洛非尔公司总经理汉斯，凭着和赵谦是老同学的关系，也赶来了。他以祝贺为名，企图用高价购买高效原子电池的专利权，可同样遭到了赵教授的拒绝。

当天晚上，汉斯即派人以武力胁迫赵谦交出高效原子电池的资料。赵教授大义凛然，既不为金钱所动，也不在武力下屈服，毅然将原子电池的资料焚毁了。最后，为了维护科学的成果，他献出了宝贵的生命。

赵教授遇害后，为了抢夺高效原子电池，汉斯想把陈天虹置于自己的控制之下。陈天虹不得不带着高效原子电池的样品和赵教授留下的《激光的未来》一书，告别了未婚妻梦娜。在朋友们的巧妙帮助下，他避开汉斯一伙的追踪，乘上赵教授的私人飞机"晨星号"，离开了W城。不料，"晨星号"在太平洋上空，竟遭到海面军舰射出的一道强烈光束的袭击而坠海。陈天虹疲惫不堪地在海上挣扎漂浮。不知过了多少时间，他发现远处有一座小小的珊瑚岛，便奋力游去。突然，一条鲨鱼向他袭来。正在千钧一发之际，从岛上射来一束强光直刺鲨鱼，鲨鱼翻腾了一下便死去了。陈天虹死里逃生，但却并不明白眼前发生的究竟是怎么一回事。

　　原来是岛上的马太博士救了陈天虹。马太博士是一位研究激光的华侨科学家，也就是赵教授念念不忘的挚友胡明理。他是被汉斯劫持到珊瑚岛上来的。在这里，马太博士进行了各种激光器的研究，为洛非尔公司制造武器。然而，他对此事的内幕却一无所知，还以为自己是在为造福人类作贡献呢！

　　陈天虹上岛的那一天，正好是马太博士的第十项发明——高效激光掘进机研究成功。

　　陈天虹在岛上受到了热情款待，但在没有弄清自己的处境之前，只得谎称是一个商人。有一次，他不慎失足落海，被马太博士救上来了。在接触中，马太博士发现陈天虹有着丰富的激光知识，大为惊讶。马太博士在取得陈天虹的保证后，带着他参观了岛上所有的实验室和最新发明。对于这些成果，陈天虹钦佩、赞叹不已。

　　陈天虹被困在岛上，心情极为烦躁和焦虑。马太博士安慰他，并答应在自己的助手罗约瑟回来后，就送他离岛。对于马太博士的关怀，陈天虹非常感激。

　　一天，马太博士发现了陈天虹的《激光的未来》，就是自己送给赵谦的那本书。至此，陈天虹才将自己的身份和赵谦教授的遭遇告诉了马太博士。

　　马太博士听到赵教授遇害的消息后，禁不住热泪盈眶。他向陈天虹叙述了他和赵谦的友谊，以及他因抗议某机关篡夺他的发明而被送进了疯人院的经历。正当他感到绝望的时候，老同学汉斯给他带来了希望，不仅帮助他离开了疯人院，而且还为他创造条件继续进行激光研究。于是，他和洛非尔公司签订了为期10年的工作合同。

　　陈天虹听说他为汉斯的洛非尔公司工作，大为震惊。他告诉马太博士，赵教授遇害、"晨星号"被击落，都是汉斯一手造成的，用的就是马太发明的激光空间放电仪。马太博士明白自己受了骗，万分激愤。

这时，因赵谦教授之死，已引起世界舆论对珊瑚岛的注意，汉斯决定炸毁珊瑚岛。在罗约瑟的陪同下，汉斯等人携带着爆炸装置，来到了珊瑚岛。汉斯还企图蒙蔽马太博士，以便再一次利用他。马太清醒了！当面揭露了汉斯一伙的阴谋诡计。由于过分激动，引起心脏病复发，马太博士生命垂危。马太博士的仆人阿芒见主人已倒在地上，奋不顾身地向汉斯扑去，一拳将他击倒。汉斯等人举枪打死阿芒，抢走了激光掘进机资料，安上了爆炸装置，然后得意洋洋地离岛而去。

　　陈天虹从马太博士的卧室飞奔出来，救醒了马太博士。他挣扎着站立起来，在陈天虹的搀扶下来到实验室，瞄准了汉斯等乘坐的军舰，竭尽全力揿动激光掘进机的电钮。激光器射出一道强大的光束。随着一声震天的爆炸，军舰在浓烈的火焰包围中下沉了。马太博士消灭了敌人，自己的生命火焰也渐渐熄灭了。

　　珊瑚岛即将爆炸，陈天虹处于危急之中。梦娜驾着气垫船赶来了。意外的相见，使陈天虹惊喜交集。陈天虹抱着原子电池，和梦娜双双跃入气垫船。气垫船飞速向大海驶去。"轰"的一声，珊瑚岛被炸毁了。珊瑚岛虽然消失了，可是科学家正义的理想却永远不会被人们所遗忘。

《科学文艺》，1979年第1期★童恩正的原著发表于
《人民文学》1978年8月号

沙漠追踪

王宝安

　　暑假期间，我来到了沙漠里的绿洲。在那里，孙伯伯的实验室和一艘神秘的四脚船，把我紧紧地吸引住了。

那船有透明的船舱，土黄色的船身，流线型的船底。底部伸出四条土黄色弯曲的长腿，犹如一只匍匐在地上的土拨鼠。我想知道它的秘密，可是一直没有机会，想不到，一次突然事件竟成了打开怪船神秘的钥匙。

一天黄昏，我把一头溜出来的小羊送回畜牧场去。忽然看见空中闪过两只秃鹰的影子，其中一只抖着翅膀直向小羊扑来。我不顾一切冲向秃鹰。秃鹰一扭身子，几十厘米宽的翅膀卷着旋风向我脸上一扫，我听到一声枪响，就什么也不知道了。

醒来的时候，我发现自己正躺在草地上，不远处横着一只秃鹰的尸体，耳边响起孙伯伯的声音："估计目标升空，请派跳跃机来！"他手拿电视步话机，正在和屏幕上的叔叔说话呢。

不多久，一个奇怪的东西从远处跳过来，就像一匹黄骠马，沿着沙丘一跃一跃如风似电，转眼在我们面前停住了。我还没来得及看，就被孙伯伯抱进这怪物的仓内，"嗖"地跃向空中，朝着逃遁的秃鹰追去。

"追秃鹰干什么呀？"我不禁问孙伯伯。孙伯伯对我说："秃鹰扑向小羊以前，在天上飞的只有两只秃鹰。那时候，潜入边境的特务像四脚兽似的在地上爬。后来，特务开枪打死了一只秃鹰，装上了扑翼机，强行和剩下的一只秃鹰一起飞，妄想躲过我们的耳目。"

说话间，空中两只秃鹰，一个向左，一个向右，分开了。孙伯伯断然命令："跳跃机跟定左方目标。"孙伯伯似乎发现了我怀疑的眼神："空中的鸟用肉眼是分不清的，但是逃不过电子蛙眼——仿照青蛙的眼睛设计制成的电子眼。"

我望着电子蛙眼接收到的图像，突然，屏幕上的扑翼机消失了。仰望天空，只剩下一只秃鹰还在夕阳的余晖下飞翔。伯伯向我解释道："我们故意跟着秃鹰走，是给特务造成错觉。他哪里知道，我们的电子蛙眼一直盯着他呢！现在他的形象在屏幕上消失了，我们可以判定：他已在沙漠中的一个重要军事试验场降落了。"

"那么，我们怎样才能找到他呢？""别担心，我们的跳跃机上还有电子鳝嗅仪在帮忙呢。鳝鱼的嗅觉器官非常灵敏，这一手我们学来了！扑翼机使用的是含酒精的燃料，电子鳝嗅仪测定了空气中的酒精分子浓度，已经在屏幕上指出扑翼机降落的区域。我们就在这个区域搜索。"

这时，夜幕已笼罩了荒漠。我不禁问道："这样黑，怎么判断扑翼机的确切位置呢？""扑翼机侵入我国境内，总想早点干完事溜走。他一定会立刻展开活动的。他一活动就会发出声音，就逃不脱金鹗定位仪的监视。金鹗在黑夜全靠声音来定位，我们研究了金鹗的听觉器官就造出了金鹗定位仪。"正说着，在电视屏幕上的网络图像中，闪现出一个亮斑。孙伯伯指着亮斑说："扑翼机就在这儿！"

不料，风暴不合时宜地来临了，目标又一次消失。孙伯伯迅速打开跳跃机上的海豚声呐，它是利用回声定位原理制成的，只要选定了目标，就不受外界干扰。这样，扑翼机又出现在屏幕上。正当特务把一种最先进的仿生仪器埋进沙里，窃取我军军事机密时，我们发起了攻击。

胜利返回营地后，我想起那敏捷的跳跃机多么像袋鼠呀！孙伯伯赞同地点着头说："我们正是研究了袋鼠的跳跃机能，才制成了这种沙海快艇——跳跃机。"

《我们爱科学》，1979年5月号

飞碟来客

王 川

一个研究飞碟的学术报告会正在宇宙航行研究所进行着。

古生物学家夏康教授报告说：他们在新疆挖到了好几具猛犸象骨骼化石。奇怪的是，其中有一具在头部坚硬的颅骨上，竟有一个圆形的洞。人们知道，任何生物的牙齿或角都无法将猛犸的颅骨击穿，而且在猛犸生存的年代里，不可能有这样锋利的武器。以后，在同样的地层里，他们又发现了几块陨石，其中有一块上刻着一个很像飞碟的图案。据此，他们推测，在两万年前，某星球曾派飞碟来地球，后来飞碟失事坠毁了，侥幸生存下来的个别生物，曾用一种我们不知道的武器在这里猎取过猛犸象。

优秀飞行员小关介绍了一段难忘的经历：一次，在空中跟踪飞碟时，他的飞机与一群大雁相撞而受到严重的损坏，他只得跳伞而下。在荒无人烟的沙滩上，他意外地发现了一个三四层楼高的圆形物体——他刚才追踪过的飞碟；还亲眼看到了从飞碟舱门里走出来的几个机器人，和一个与地球上十多岁孩子相仿的生物。

宇宙所所长、物理学家赵瑛说：一个月前，他们发现飞碟停歇在一片沼泽地上，于是便乘着气垫船赶去了。从飞碟中走出的机器人，经过半个多小时的工作，将故障排除了。这时候，在舱口出现一个赤身露体的"人"。在极度惊讶之中，生物学家谢言教授不由自主地喊出了声。这一来，惊动了飞碟，它突然飞走了，而那个"人"却跌倒在草地上。

谢言教授接着说：这个"人"是个男孩。他病了，不仅外形和地球人一模一样，连生理特征也完全相同。经过精心的护理，他恢复了健康。尽管他的身体发育情况和地球上十五六岁的孩子相似，但智力发育却十分幼稚，不会说话，似乎老是在模仿一种单调的机械动作。后来，我们从狼孩的报道中得到了启发，这个天外来客，是否可能是从小被飞碟掳去的地球人呢？从此以后，我们便用电刺激他的大脑皮层，用药物恢复他的记忆力。经过一段时间后，他能讲简单的话了，并回忆起在飞碟上的片断生活。事实证明，他确是十几年前被飞碟掳去的地球人，长期以来，他一直生活在飞碟那单调而枯燥的环境中。

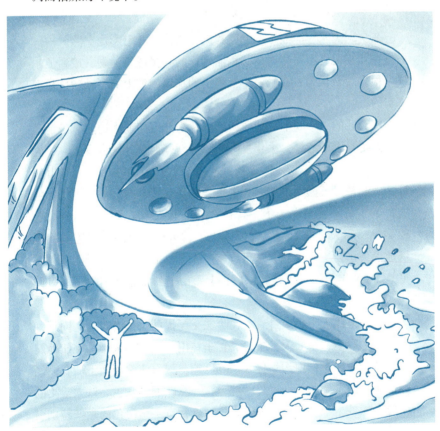

会议在掌声中结束了。这一重大发现使科学家们增强了与飞碟建立联系的决心。他们深信，地球人与宇宙人互通往来的日子不会太遥远了。

《魔鬼湖的奇迹》，江苏人民出版社，1979年12月

神秘的七彩山

王 川

在全国美术作品展览会上，我的一张作品《七彩山夕照》——根据在新疆昆仑山写生时的画稿而创作的一张风景油画，遭到了非议。很多观众认为，在画面中七彩山的那堵峭壁上的七种颜色是不真实的。

10天后的一个晚上，地质所的赵林为此登门前来访问，于是我便敞开了自己的心怀：去年夏天，我到新疆西部地区去写生，一位维吾尔族老人哈兹艾买提跟我讲起关于七彩山的故事。七彩山一带的山峰都是五颜六色的，其中最美的是那堵峭壁。平时它是白色的，到了每年夏至那天下午，只要天上有太阳，峭壁就会变成七种颜色，和天上的彩虹一样，美极了，可惜只有一顿饭工夫就慢慢地消失了。人们传说，这里有座宝库，是仙女存放宝贝的地方。可是，100年前的一次地震以后，七彩山上的宝光便消失了。人们说，仙女将宝库转移了。

在那里住了半个多月后，在哈兹艾买提的重孙肉孜的陪同下，我进山去写生。第二天下午，我正坐在山坡上专心画画。突然地震发生了；紧接着，山沟里传来一阵巨响，泥石流滚滚而下。我们俩翻山越岭，走到了一处奇异的地方：一座座五颜六色、壁立千丈的山峰，像一个个盛装打扮的美人排列着；有一堵白色的峭壁特别引

人注目，它陡得像堵墙，光滑得像镜子。肉孜告诉我，这里就是七彩山。我正打算将这片奇异而罕见的群山画上画面，猛抬头，那堵白色的峭壁上出现了红、橙、黄、绿、青、蓝、紫七种颜色，从上到下，按色阶整整齐齐地排列着，越来越清晰。我以惊人的速度将这景象绘到画布上去。回去后，我一看日历，那天正是农历夏至。

地质学家老赵对我的故事很感兴趣。临别时，他对我说："这里可能蕴藏着一个自然之谜。我们想将这谜揭开，可能还会请你帮忙。"

六月的一天，我应邀来到了地质所。老赵告诉我："根据资源卫星的报告和航测的结果。在你画画的地方可能蕴藏着多种极为有用的矿藏；那种所谓的'宝光'，很可能是矿物引起的折光现象。"

为了探明矿物及储藏量，我和他们一起，乘坐地质勘探队的专用垂直起飞航测飞机，到了新疆西部。肉孜热情地接待了我们，并欣然答应再次领路。七彩山还是那样静静地矗立在那里。奇怪的是，那堵白色峭壁上的"宝光"却没有出现。

到了夏至那天下午，大家再度来到这里。突然，一阵大风将老赵放在身边的一件外套刮到了山崖半腰的一块巨石上。老赵沿着尼龙绳梯爬下去没多久，就大叫起来："有重大发现！"我们也都顺梯而下。原来，巨石后面掩着一个洞口，洞的另一端还有个出口。老赵用打火机一照，满洞都是六角形的巨大晶体，最大的有一人多高，在黑暗中闪闪发光。

这时，一缕阳光从另一端的洞口投射进来，移到了洞中央一块巨大的水晶晶体上。一瞬间，变成了七色光，通过我们进来时的洞口，投射到对面白色的峭壁上，重现了我去年见过的景象。一切都明白了：当光线通过三棱镜时，会被分解成七种色光。而洞中央的这块巨大的晶体，便是一块大三棱镜。这种"宝光"之所以只出现在每年夏至的下午，是因为那天阳光的角度正好能照进洞口。洞口那块巨石是活动的，一百年前地震时它滚动过来，正巧挡住了洞口，神秘的"宝光"便没有了。去年我遇到的那次地震又移动了巨石，"宝光"便又出现了。

勘探任务结束后，我又创作了一幅大油画。画面上仍是一片彩色的山峰；所不同的是，近处多了许多钻机和帐篷，它预示着七彩山的宝藏即将被开发出来，为祖国建设服务！

《魔鬼湖的奇迹》，江苏人民出版社，1979年12月

大海奇遇

王金海　　戴　山

海娃和海妞兄妹俩到海洋研究所去看望爷爷。爷爷却让他们乘着自动导向气垫船，自己到大海里去闯一闯。临行前，爷爷把火柴盒大小的袖珍电视电话交给他们，以便随时与他联系。

海娃和海妞来到了珊瑚岛前，只见珊瑚岛变起戏法来了——像潜水艇那样缓慢地往海里下沉了。这是怎么回事？爷爷通过电视电话告诉他们：这是地球表面的地壳在运动，在变化！

突然，海面上冒出一连串巨大的水泡，接着像烧开水似地沸腾起来。这时爷爷安慰他俩说，海底火山要爆发了，机器人"海探1号"会帮助你们的。"海探1号"为兄妹俩送来了鱼头型的人工鳃和橙黄色的潜水衣。他俩刚穿戴好，海底火山就爆发了，紧接着引发了海啸。巨浪把兄妹俩卷进海里。幸好"海探1号"已在他们背上装好了微型脉冲喷射器，使他俩能飞快地离开危险区。

在大海深处，海娃和海妞大开眼界。他们看到了千奇百怪的海洋生物。正当他们流连忘返的时候，不料从礁石背后窜出一只大章鱼，用两只像毒蛇似的脚缠住了海妞的大腿。海娃赶来相助，用手

抓瞎了大章鱼的一只眼睛。大章鱼凶猛地舞动八只大脚，向海娃扑来。正在这紧急关头，两束红色的激光，击穿了大章鱼的脑部。大章鱼一命呜呼了。

原来是海底养殖场的巡逻工，机器人"海巡3号"救了他们。在"海巡3号"的带领下，海娃和海妞参观了海底养殖场。在那里，兄妹俩看到了栖息在人造礁丛中的海洋鱼类，也看到了生活在海底森林中的牛、马和羊。陆上的牛、马、羊怎么到海底来了？海娃问爷爷，爷爷说，这是用遗传工程技术，把牛、马、羊的遗传基因和海豚的遗传基因结合起来，培育出来的新物种。

海娃骑着海马，海妞骑着海牛来到了养鲸场。指着四处游动的鲸，"海巡3号"告诉他俩，它的嘴里装有鲸语翻译器，能随时用鲸语指挥鲸的行动。

告别了"海巡3号"，兄妹俩遇见了一只用钢铁制成的奇怪的"大海龟"，原来，这是模仿海龟结构制成的海底采矿艇，专门采集海底的锰矿瘤。在机器人"海炼5号"的陪同下，他俩又参观了海底冶金厂。看到了它是怎样从海砂中炼钢、炼钛的，同时也看到了这个厂冶炼出来的耀眼的金刚石、闪光的黄金、银色的锌、锡、镍等。

一声巨响，一片红光引起了海娃和海妞的注意。一场海战演习正在前方进行。一艘鱼雷快艇将被导弹快艇击沉，突然"甲壳虫"似的舰艇出现了。它的尾部喷射出一股黄水，洒在导弹快艇附近的海面上。奇怪，导弹快艇顿时便下沉了。这时，兄妹俩发现好久未见到的爷爷，出现在"甲壳虫"舰艇上，他笑着告诉海娃和海妞：有一种小甲虫，它在水里被昆虫追击时，会突然向昆虫放出一股流汁。这种流汁能叫水失去浮力，使追赶的昆虫沉入水中。至此，兄妹俩才恍然大悟：原来，这舰艇喷出的黄水，和小甲虫的流汁一样灵！

《少年报》，1979年617～621期

真假天宫

王金海

一天，玉帝正在碧游宫里寻欢作乐，三只眼杨戬急匆匆进宫俯伏惊呼："刚才发现一座人造天宫！"

玉帝听罢大吃一惊，急忙挥手说道；"快叫文武百官、各路神仙进宫！"

不一会儿，白玉阶前站满了文武百官和各路神仙。玉帝厉声说道："今有人盗用'天宫'圣名，冒犯天纲。文武百官、各路神仙听令：命杨戬为先锋将军，率领天兵前往人造天宫交战！"

杨戬带着他的"哮天犬"，化作一阵旋风，围着人造天宫兜了一圈，发现人造天宫原来是个奇特的环形飞轮，飞轮中间还有一个旋转的大圆筒。大圆筒里一层一层的像座几十层高的楼房，第一层是果木场，第二层是医院，第三层是公园，第四层挂着"宇宙蒸馏冶金厂""宇宙炼钢厂"等牌子，到处是一片和平景象。

"嗵！"从飞轮里面弹出一个机器人。杨戬举枪向它身上刺去，不料机器人刀枪不入。杨戬暗暗吃惊，急忙放出天狗，却被机器人身旁一条由遗传工程培育出来的飞狗，一口咬下了脑袋。杨戬一看情况不妙，立即暗施隐身术，想借此活捉机器人。这时，机器人按了一下口袋上的电钮，飞出一群电子蜂，向隐身的杨戬刺去，迫使杨戬抱头逃窜。

提着飞金剑、骑着斑豹驹的金光圣母赶忙前来解救杨戬。她从怀里掏出一面镜子，向机器人射出一道道金光，不料被机器人举起"激光剑"打得粉碎。金光圣母刚要转身逃跑，被机器人挥起的"激光剑"刺中，跌倒在地。

　　玉皇大帝听到出师失利，赶紧命令托塔天王李靖率领哪吒、金吒诸将，前往人造天宫与机器人交战，机器人取出打火机似的"电子催眠仪"，将催眠电波发射出去，李靖和百万天兵天将未及交战，竟全部倒在地上睡着了。

　　机器人有力地挥动手臂说："人类要在宇宙中造起成千上万座天宫，让亿万宇宙居民在天宫里过着天堂的生活！"

《少年报》，1979年11月14日

金牛洞奇遇

王金海

　　杨教授接受了编写《中国生物冶金学》的任务，挑选小王当他的助手。几天来，小王跟着教授翻山穿林进行考察。今天来到金牛洞旁，已是傍晚，他俩忙着宿营。

　　当地人曾向他们讲述过金牛洞的神话故事。此刻，小王的耳边仿佛又响起了"假如遇到阴沉沉的夜晚，金牛洞里的金牛就会发出金光来"的声音。多奇妙的神话呀！小王哑然失笑起来。杨教授猜到小王的心思，说："晚上我们到金牛洞去走走，也许能发现一些白天所不易觉察的含有特殊物质的生物。"小王高兴极了。

　　晚饭后，小王肩背激光枪，跟着教授向金牛洞进发。到了洞里，光线昏暗，几乎伸手不见五指，没走上十几步，便被洞壁挡住了。蓦地，杨教授看见从洞壁后面射出几缕耀眼的光芒。他用力推着洞壁，哗啦！露出一个大窟窿。当他们走进洞里时，奇迹出现了：每走一步，留下的脚印竟是金光闪闪的。扒开脚印四周褐色的尘土，露出一堆金光闪闪的大如蚕豆、小似芝麻的黄金。杨教授拍着小王的肩膀说："这是我第二次看到的天然金窟！30年前，我刚大学毕业，跟着老师到一座原始森林去考察，无意中闯进一个暗洞，发现地上铺满了大大小小的金豆子。后来经过分析才找到这个天然金窟形成的原因。在两亿多年前，那座森林还是一片海洋，后来地球上发生了大规模造山运动，海洋变成了陆地，长起一片茂密的森林，但是由于地壳不稳定，经常发生地震。一次，在强烈地震发生前夕，大批金龟子为了躲避强大的风暴，成群结队地飞进了森林，它们反常地聚集在一起，堆成一座惊人的金龟子山。后来发生地震，森林起火了，烈火焚烧着金龟子山，经过漫长岁月以及地壳变迁，荒地上又长出茂密的森林，森林里却埋藏着神秘的天然金窟。"

"金龟子是天然的采金者，因为它们吃了含有黄金的植物，所以身体里储有黄金，虽然含金量很少，但是千千万万的金龟子堆成山，那含金量就相当可观了！"

小王激动地说："看来生物冶金大有可为！如果把天然金窟里所有的金豆子加以熔炼，真是可铸成一头金牛呀……"

《南方日报》，1979年12月17日

穿山甲之路

王琴兰　　王　沂

我和表姐咏梅在十三陵玩了一阵子，她忽然问我想不想去八达岭看一看万里长城。我当然想去，但怎么能一下子就到达那儿呢？表姐说："只要赶上'穿山甲1号'试航，一会儿就能到。"她将我领进一片丛林，从挂着"地下火箭发射场"牌子的大门走了进去。

在休息室里，表姐给我介绍了负责研制"穿山甲1号"的王工程师。他热情欢迎我们参加这次试航。我们跟着他顺着S形的电梯来到地下火箭发射架旁，走进"穿山甲1号"的运载舱里坐下来后，王工程师一按按钮，火箭发动机就启动了。它头部长着个尖嘴巴，像个大钻头，切削着地下的岩石。王工程师告诉我们："现在在地下300米，速度每小时120千米，这次试航成功后，一条从十三陵到八达岭的地下走廊也就诞生了。"不一会儿，到了八达岭，"穿山甲1号"开始由地下向上钻，钻出地面后，停在它自己挖掘的隧道口。我们从运载舱里走出来一看，已经到了长城脚下。

这时，有一位长着大胡子的外国朋友朝王工程师走来，用一口流利的中国话与王工程师交谈。他是阿拉伯著名地下工程学者穆罕默德教授，曾与王工程师在信中多次探讨过地下工程。今天，得知王工程师乘着"穿山甲1号"来到八达岭，感到格外高兴。王工程师向他介绍说："我们在'穿山甲1号'的头部装了激光掘进器和火焰喷射器，切削下来的碴块马上利用激光产生的高温使它熔化，所以不留下任何碎屑，'穿山甲1号'也就能在地下畅通无阻了。"穆罕默德教授希望进一步了解"穿山甲1号"的动力装置。王工程师接着说，他采用的是激光核聚变装置。最后，王工程师邀请他一起乘坐"穿山甲1号"，从刚开辟的地下交通线回到原地。在分别的时候，王工程师握着穆罕默德教授的手，请他明天去参加新疆、西藏的首次地下远航，穆罕默德高兴地接受了这一邀请。

《我们爱科学》，1979年1月号

波

王晓达

我作为军事科技通讯社记者，奉命到88基地去采访"波—45"防御系统的工作情况。我刚到基地，正好遇上13架敌机入侵，其中有一架就是被吹得神乎其神的壁虎式间谍飞机。

正当壁虎式飞机的驾驶员自鸣得意的时候，"波—45"系统启动了。突然，在这个驾驶员的四周出现了19架壁虎式飞机，像影子似地追随着他。入侵者受尽愚弄，最终自投罗网，成了"波—45"的第20个俘虏。

"波—45"系统是枫市大学物理系王凡教授研制出来的高能综合波防御系统，其原理是建立在王教授新的波理论的基础之上的。这种理论认为，一切客观物质都可用不同的波来表达，而我们能感觉到的一切信息也都是波。人为地制造出单纯的信息波，就能使人们的感觉器官都认为它们是由实实在在的物质发出的，而实际上这些物质却根本不存在，仅是一台可控制的电子设备发出来的。入侵者看到的19架壁虎式飞机，就是"波—45"系统用它的自身波形反射给它的结果。

意外的入侵事件使我的采访任务提前完成了。紧接着，88基地指挥部在与军事科技通讯社联系后，又派给了我一个任务：作为特使去枫市给王教授送感谢信及纪念品——壁虎式飞机及其驾驶员的合影。

枫市大学坐落在郊区的一片枫林之中，收发室的姑娘看了我的介绍信后，闪动着大眼睛说："今天是休息日，您可直接到王教授家中去找他。"问明了教授家在星湖畔绿枫村5号后，我便快步向在阳光下闪着金色波浪的星湖走去。

万万没有想到，教授家楼房的围墙上竟是没有门的，而且已经到了楼前却不得其门而入。我感到十分尴尬。正在进退犹豫时，从那爬满常青藤、没门没洞的砖墙中，走出个八九岁的小孩，他就是教授的孙子。他看出了我的踌躇，说："这是波，"并牵着我的手，毫无阻挡地穿墙而进。教授在楼门口迎接我，他请我不要见怪，这是他的女儿玲妹在收发室里与我开的玩笑。

在教授的书房里，我被壁上挂的中外名画吸引住了。我走近了达·芬奇的《蒙娜丽莎》，伸出手想去摸一摸这张名画。不料，当我认为应该摸到画幅时，竟是空空如也，什么也没摸到。见我那诧异的神情，教授笑了。原来这和围墙是一回事，是由一组小型视觉波发射仪发射的波。教授还把我拉到窗前，示意我去闻一下水仙花。沁人心脾的清香真有点醉人。突然一股浓烈的玫瑰香味冲进我的鼻孔，我仔细一看，又愣住了。刚才亭亭玉立的水仙花竟变成了红玫瑰。教授笑着告诉我，这是玲妹搞的视觉嗅觉综合波发射仪创造的奇迹。

　　我在教授家吃了午饭，欣赏了电脑厨师的手艺。一个不速之客洪青——戴着一副玳瑁宽边眼镜的清瘦高个子来访了。他自称是教授的学生杨平的同事。当他知道教授将陪我到实验站去参观后，便恳切地提出希望一起去参观。

　　于是，我们三人来到了实验站。起初看的几个实验室是关于波的分析研究。参观完后，我心悦诚服地得出了一个结论：世界上的一切，似乎都离不开波。二楼的实验室是研制波发射仪的几个组，属于应用部分。我们的兴趣更浓厚了。在2H组，我们按了几下琴键按钮，眼前便出现了一本《枫市画报》。在2S组，几台仪器对着中间的空桌子，教授调整了几下，我们面前出现了一只大玻璃缸，中间游动着色彩缤纷的热带鱼。突然，教授把我的手拿起来，往玻璃缸中浸去，我自作聪明地认为一定也是空空如也，不想居然真的浸在水中，而且是温水之中。然而，当我把手拿出来时，上面竟然滴水未沾，原来给我温水感觉的也是波。在以后几个实验室里，我们欣赏了嗅觉、味觉等波发射仪的"表演"。王教授几乎随心所欲地让我们"闻"各种气味，又让我们"尝"了甜、酸、苦、辣、咸、麻等各种味道。

　　在三楼，教授领我们参观了综合仿形仪。根据输入的信号程序，它可以在我们面前出现"需要"的"物体"。教授先让我们看了几只长毛猫，这是几只波斯猫，它们互相嬉戏，翻滚作态，还不时"咪呜咪呜"地娇叫。你不去碰它，谁也不会怀疑它们是空空如也的波。后来，教授又"变"了个"湖"：碧波荡漾，涟漪一片，映着岸边的枫林真是美极了。

　　随后，教授把我们引进三楼的办公室，逐一回答了我们的问题，还拿出几份设计任务书让我们看。洪青看得非常仔细，还像参观时一样，时时不忘扶他那宽边眼镜。突然，洪青手握一支类似钢笔电筒的东西——激光枪，扬了扬，厉声说道："现在该我来导演了。"他得意地向教授提出，要看他为88基地搞的设计图纸资料。王教授默默地站了起来，走向保险柜。我想阻止已来不及了。

可是，当教授取了图纸资料从保险柜转过身来时，突然摇身一变，成了十几个一模一样的王教授。上了当的洪青被激怒了，他一步跳到正在高兴的我的身边，用激光枪抵着我的脑袋，把我当人质。我再也压抑不住怒火，抬脚使劲一蹬办公桌，连人带椅往后倒翻过去，把洪青手中的激光枪击落在地。此时，洪青取出一小盒烈性炸药，扬言要炸掉实验站。

最后，教授似乎无可奈何地把图纸资料递给了洪青。洪青手扶着眼镜开始远距离"看"起来。原来这是一架特殊的专用显微摄影机。在完成摄影任务后，为了安全脱身，洪青叫教授——实际上教授已离去，剩下的只是波，用导线将我捆绑起来。然后，他取来导线，准备捆绑教授。正在这时，天花板上打了个闪电，洪青受了伤在地上打滚。王教授和玲妹从门外走了进来，洪青终于成了"波—45"的第21个俘虏。

回到88基地后，我了解到：真正的洪青一直和杨平好好地在研究所工作，而我遇到的"洪青"则是国外精心豢养的高级科技间谍。他是利用壁虎式飞机的低空飞行性能，藏在舱中空投潜入我国的。

由于种种意外的遭遇，我的采访任务完成得出奇地好。我不仅对王教授的波理论有了深刻的印象与理解，还与王教授一家建立了很亲密的关系。离开枫市时，王教授和玲妹一直送我到机场。以后，我便与玲妹开始了频繁通信……

《四川文学》，1979年4月号

"黑虎"的眼睛

王 玄

小柱子家的一条狗——黑虎，突然失踪了。一个月后，黑虎独自回来了。小柱子发现，黑虎不如过去那么活泼好动，它的左眼有些异常：除去眼皮可以眨动外，眼球好像是不动的。小柱子把这事告诉了爸爸，爸爸对此十分重视。他想，无线电波为什么就在这个村里不断发出，特务间谍会不会在狗的眼睛里做文章？

父子俩把这情况向国防工程指挥部的赵处长和公安局的李科长作了汇报。经过一番商量后，他们在一天夜晚，将黑虎麻醉后做了检查。结果发现，敌人已把黑虎的左眼球挖掉，安上了一只假眼——微型窃听器。它不但能收听声音，而且能把声音转换成密码讯号发射出去。这台机器所使用的电能，是利用半导体温差发电器，靠黑虎的体温发电的。根据这台机器的发射功率，他们计算出敌人是躲在距此50千米以内的海水里。

从这以后，小柱子的爸爸故意当着黑虎的面，断断续续地谈些有关工程的事。同时，李科长和公安战士，收听和记录了黑虎左眼那台机器发出的密码讯号。两者一对照，经过分析和计算机的运算，敌人的密码便被破译了。一天，小柱子引来了另一条凶恶的狗，让它和黑虎打起架来。在一阵激烈的争咬以后，小柱子便按计划将黑虎麻醉。这时，两名公安战士取下了黑虎左眼的那个微型窃听器，换上了同样形状的同样大小的微型红外录像机，以便拍摄特务的形象及其活动。敌人以为这是因为狗打架，造成窃听器失灵，为了急于搞到情报，便急忙通过电台，用密码讯号给暗藏在村子里的特务发来命令：明天零时把狗带到海边接头，以便换上新的窃听器。

我公安部门截获了敌人的命令，做好了战斗准备，在沿海一带布下了天罗地网，一举捕获了潜伏特务和派遣间谍。在审讯时，两名特务妄图抵赖顽抗，可是，当公安人员把黑虎眼里那个录像机所拍摄下来的照片冲洗放大以后，敌人看到这些照片，便大吃一惊，瘫倒在地上。

《儿童文学》，1979年8月号

一场奇怪的演出

王亚法

京剧演员沈家候突然接到一份奇怪的请柬。使他惊奇不已的是，这次竟邀请他观看他父亲——京剧名演员沈祖候的拿手戏《孙悟空三打白骨精》。但他的父亲已过世五年了，怎么还可能登台表演呢？更使沈家候惊异的是，剧中的孙悟空无论唱腔、声调、还是精湛的演技，都和他父亲一模一样。难道这位扮演孙悟空的演员真是他的父亲？人死了怎么还能复生呢？沈家候怎么也想不通。

在剧终的座谈会上，听了这场奇怪演出的导演——高教授的一席话，才使沈家候茅塞顿开，恍然大悟。原来，今天扮演孙悟空的这位演员并非真人，而是安装有沈祖候生前演出的各种动作和唱词信息的机器人。高教授为了解决机器人的脸部表情问题，让它变得栩栩如生，他又研制出一种遇碱会松弛，遇酸会收缩的特殊烯酸。因此，在演出过程中，只要用灵敏的电子压力泵，时而注进氢氧化钠，时而注射盐酸，机器孙悟空就会不断地变换着各种逗人发笑的脸部表情。高教授一番详细的解释，不仅解开了沈家候的疑团，而且也启发了沈家候，应该请机器孙悟空去他们学馆上堂示范课。

《科学文艺》，1979年第1期

球场外的趣闻

王亚法

一场精彩的国际足球比赛就要开始啦！球场椭圆形的看台上，人们正在交头接耳地议论着。可是，有一位老人却用望远镜专心致志地瞭望天空。运动员都已入场了，他还拿着望远镜对天摆弄，真使人难以理解。

突然，那老人放下望远镜，对身旁一个外号叫球迷的小伙子说："走吧，快要下暴雨啦！""什么？"小伙子朝天上望了一眼，只见火红的太阳高高地挂在南方，几朵淡云向这边飘来。"你跟我去打个电话，下起雨来可麻烦啦，球场上五万多观众被淋湿了，明天不知有多少人要闹感冒呢！"老人拉着小伙子从人缝里挤了出去。

在体育场的办公室里，老主任拿着电视电话听筒，正在跟光明生产大队队长办交涉，因为他们正在搞人工降雨。老人闯进了办公室，给老主任打了个招呼，就拿起电话听筒。电话接通后，荧光屏上出现了一个戴眼镜的中年人。那人恭恭敬敬地说："季教授，有什么事？""快派五辆喇叭车来，刚才光明生产大队搞人工催雨，影响了万人体育场啦。"季教授用紧急的口气说。

"快，小伙子，你去门口等着，给喇叭车的司机讲，汽车的位置按梅花形分布，我马上就来。"教授又给球迷布置了任务。

球场上响起了一片欢呼声和喝彩声。五辆装着大喇叭的汽车悄悄地驶了进来。

风卷着小水花呼呼地刮着。这是暴雨来临的前兆。季教授对跟车前来的那个戴眼镜的中年人说："开始吧！"几乎与此同时，地上响起了噼噼啪啪的声音，看台上也响起了一阵连续的喧哗声。令人惊异的是，那阵响声还没完，雨却骤然停止了。

"这是怎么回事？"老主任诧异地问，季教授说："我来看球前曾听说，这几天光明生产大队要搞人工催雨，没料到恰巧赶在赛球的时刻。这人工催雨实际上是在云层中撒上碘化银，使云团突然冷却，把云团中的水气凝结成冰晶，当冰晶越结越大时，便降落下来，由于低层的温度较高，于是冰晶就变成了水珠。"他指着大喇叭，又继续说道："这些大喇叭会放出大功率的超声波，超声波流像亿万颗子弹，击碎云层中的冰晶和水珠，使它们还原成微粒水珠。由于空气的升力，水珠仍像原来那样飘浮在天空中，不再降下来。这是我们近来才试验成功的。"

季教授和戴眼镜的中年人，随同老主任来到了办公室。光明生产大队队长打来电话，他听说气象台有了这种新式机器，焦急地问有没有能叫老天下雨的机器。"有哇。"教授接过话筒说："还是刚才那只大喇叭，只要改用另一种频率的声波，这种声波能使露珠沉淀，变成水珠，最后降下来。"

队长说："那太好了，麻烦你们来一趟吧。""行，我们马上就来。"季教授欣然答应，使荧光屏上队长那张焦急的面孔，立即露出了满意的微笑。

一场精彩的球赛结束了。球场上的观众陆续朝各个方向走出门去。他们兴高采烈地谈论着比赛的盛况，可是谁也不知道球场外发生了这么一件趣闻。

《革命接班人》，1979年1月号

小城风波

王亚法

地震局的红汽车在马路上穿梭来往，把一种无色无味的胶状液体，喷涂到城里所有建筑物的墙上。

市委出了布告，动员全城居民后天在滨海科技广场召开全城联欢会。广场建在一个伸入海里的半岛上，开会那天，全城的人都来了。人们正在联欢，突然天空出现异常红光，海浪汹涌。地震局工程师向大家宣布，发生了7.3级地震，并说明前天向建筑物喷涂的是"AY—93"防震涂料。这是一种无毒、无色、无味的高强度抗拉薄膜，建筑物涂上它，外壁就会变得比钢铁还坚硬，可抗8级以内的地震。

大家听罢，继续联欢，地震过去了，联欢会才结束。人们回到城里，一切都像往常一样，小城安然无恙。

《福建青年》，1979年5月号

魔　枕

王亚法

　　今夜又是个失眠的夜晚，我悄悄地走到院子里去散步。在院子里，我遇到一个人。在对他诉说了我失眠的痛苦后，他邀我到他家里去坐坐。

飞碟来客

    这是二层楼的一间宽敞房间，墙上挂着一幅大脑解剖图，写字台上堆放着不少枕头。主人端来了咖啡，我们坐下边喝边聊。他问我："人为什么要睡眠？"我不知怎么答才好。他又告诉我："睡眠只是让大脑休息一下。"说着，他从写字台上拣了一个枕头给我，"你拿去，今晚上用这枕头，保管你能睡好。明晚10点钟再来一次，别忘了！"

    回到家里，我把枕头放在床上，倒头就睡。一觉醒来，一种酣睡后的舒适感觉，已有十几年没有享受过了。但我看了看钟，却只睡了两个小时。

    这时，邻居张伯伯一手捂着肚子闯进我的房间，向我要点胃痛药。我先把张伯伯扶到床上，再打开医药箱取出胃痛药，谁知他已经睡着了。过了两个小时，张伯伯醒了，胃痛也好了。

    晚上10点，我又去那位给我枕头的人家里作客，他一见面就问："昨晚睡得好吗？""太好啦"。接着，他把枕头的秘密告诉了我："枕头里面放了一种特殊的脉冲器，它会产生一种磁场，对人能起催眠作用。"他还告诉我："这个枕头还能解疼。""原来如此！"我不禁高兴得叫了起来。张伯伯昨天发胃病，睡了一觉就好了，那一定也是它的功劳啦！"他听了连连点头称是。

红宝石

戚令武

我爸爸是海洋开发研究所的研究员。每年暑假，他总是带回几种海洋生物给我，作为对我学习成绩优异的奖励，其中有体态奇妙的热带鱼，有形状像蝙蝠似的鳐鱼，也有活泼可爱的海蟹……这些使人眼花缭乱的海洋生物，成了我暑假生活中有趣的伴侣。

暑假开始了。那天爸爸和何强叔叔一同回家，给我带来了一条特殊的鱼，放在外面的大池塘里。大院里的池塘受了污染，水又黑又脏，鱼放进去还能活吗？我嚷着要把鱼养在自己设计的鱼缸里。何叔叔听了不禁大笑起来："小敏，我带来的鱼可大呐！这个小鱼缸怎能养得下呢？"他拉着我的手说，"走，一起去看看吧！"

到了池塘边，何叔叔朝池塘里喊了两声："红宝石，红宝石！"随着喊声，池塘中先是泛起几个旋涡，接着浮现出一个红点子，一会儿露出足足有两米长的一条大鱼，它头顶上镶着一颗红宝石，红光闪烁，美丽极了。这条鱼好像挺懂事，驯服地游到池塘边，停在我们面前。

何叔叔指着我，对"红宝石"说："她叫小敏，从今天起，她是你的主人，你要听她指挥。"接着，何叔叔让"红宝石"表演水球。只见他从手中抛出一只皮球，"红宝石"蓦地跃起衔着球在池塘里游来游去，一会儿跳出水面，将球扔向空中，一会儿潜入水底，皮球在它的嬉戏下，像是一颗流星飞舞在池塘上空。过了一阵，球不见了，鱼也不见了，好像刚才什么事也没有发生似的。

过了几天，何叔叔带我到池塘一看，差点把我惊呆了，面前出现了奇迹：池塘里混浊的污水，变成了一潭明澈的清水。"红宝石"在透明见底的池水中悠闲地游动着。咦，这是怎么回事？何叔叔告诉我："利用'红宝石'鱼来净化污水，可以解决水质污染问题。"我会意地点点头……

　　就在何叔叔走后的第五天，我和几个小朋友观看了"红宝石"的最新节目——海底捞月。我们故意把硬币、小刀往池塘里扔，不一会儿，"红宝石"统统把它们捞了上来。正在大家玩得起劲的时候，它纵身一跃上了岸，吓得小朋友们拔腿就逃。我急忙上前，没等我走近，只见它在地上跳了几跳，一眨眼上了公路，接着又径直飞去，顷刻间便无影无踪了。

　　我一口气奔到海洋开发研究所。爸爸瞧着我上气不接下气的样子，不待我开口，他已经明白了，指着电视屏幕说："你瞧，'红宝石'不是在里面吗！"屏幕上是一片海洋世界，珊瑚丛千姿万态。突然，海水搅动，鱼群四处逃窜，有两名潜水员惊慌地向一座珊瑚礁游去。

　　"是何叔叔吗？"我指着身材魁梧的潜水员问。

　　"嗯，另一位是阿姨。"爸爸的话音刚落，突然，有一头巨鲸张开大口，正朝何叔叔他们游去。只见何叔叔把那位阿姨安置到珊瑚丛中躲藏起来，自己慢慢地在零乱的礁石中迂回，寻找攻击的机会。巨鲸焦躁地左右寻觅，珊瑚礁被碰得一块块碎落下来，眼看那位阿姨已无路可退。正在这千钧一发之际，何叔叔举起手枪，一束激光向巨鲸射去。巨鲸受到袭击，更加狂暴，甩动强劲的尾鳍。何叔叔来不及躲避，被甩得老远……

　　正在这时，我看见"红宝石"闪电般地向巨鲸刺来。巨鲸遇到意外攻击，变得更加疯狂。它因为追不上"红宝石"，便回过身子向何叔叔冲去。它张开血盆大口，顿时海水成了浑浊的急流，何叔叔被吸了进去……巨鲸在"红宝石"接二连三的攻击下，显得笨拙而呆板。不一会儿，这头残忍的巨鲸终于被击昏了……接着，在电视屏幕上展现出一间宽阔的实验室，那头刚才还气势汹汹的巨鲸，现在服服帖帖地吊在半空。自动解剖刀按照控制程序，正在将巨鲸结实的皮肉切开，一瞬间，何叔叔从巨鲸的胸腔中跳了出来。原来何叔叔被巨鲸吞下去后，在特种优质潜水衣的保护之下，身体安然无恙。潜水衣里有自备氧气装置，所以何叔叔在巨鲸体内，反而可以配合"红宝石"进行内部攻击。巨鲸经不起内外夹攻，最后还是送了命。

　　后来，经过何叔叔的介绍，才把谜底揭开，原来"红宝石"是一条机器鱼，能按照人的意志去行动。由于它装有遥感仪器和辨音

等装置，所以能听懂主人的语言，服从指挥。它头顶上的那颗"红宝石"就是与控制中心保持联系的装置。

《少年科学》，1979年2月号

"飞毯"的风波

魏雅华

一项震惊世界的伟大发明，在这座外表破旧、幽静神秘的乡间别墅诞生了。这就是半个世纪以来人们梦寐以求的神奇金属。

这块只有黄豆大小的、重量为305毫克的金属，是一种最优质的航天燃料。它可以用来制造威力强大的热核武器。更奇妙的是，它是一块在常温常压下电阻为零的超导体。

这项伟大的发明，就是天才、年轻的科学家石磊博士和兰妮小姐共同研究的"飞毯"计划。

兰妮小姐的父亲，就是当代最大的电器工业公司之——哈佛里·劳埃尔兄弟公司董事长兰天鹏。他靠投机起家，历来心毒手狠，为了鲸吞"飞毯"研究成果，他什么事情都干得出来。一天，一行可疑的人物向乡间别墅走来，"飞毯"试样被劫，石磊下落不明。当兰妮小姐赶到现场，抢劫犯已逃匿一空。她在这座人去楼空的别墅里搜索，就在一副国际象棋盘上，发现了几颗棋子组成的密码："盖戈尔"——这是一种放射性探测器的名称。聪明的兰妮猜到石磊在被绑架前，身上藏有示踪原子。果然，石磊在被绑走的前几分钟，把一条透明胶带贴在手表表面上，由于它极薄，透明度极高，因而难以觉察；在胶粘剂内含有大量的示踪原子。兰妮根据示踪原子发出的 β 射线，运用放射性探测器，终于找到了石磊被关禁的地点。作案的主犯就是心毒手狠的兰天鹏。

兰妮在痛斥兰天鹏之后，决心和石磊一起离开这个万恶的地方。他们冲破千难万险，终于飞向母亲——中国的怀抱，为祖国贡献他们的智慧和力量。

《工人日报》，1979年10月27日～11月15日

隐形人

吴伯泽

深夜，华丰饭店里一片宁静，旅客们都睡着了。夜班服务员小张正在看报，突然听到活动门转动的声音，但不见有人进来。小张感到好生奇怪。

第二天早晨，她看见301室的门开着，就走进去查看，在电话机旁发现有张纸条，上面写着："未经同意，擅自过夜……付款6元并致歉意。隐形人。"小张联想到昨晚的事情，不禁毛骨悚然，赶紧向公安局报告。

近来，公安局黄局长接连几次收到关于隐形人的报告。尽管公安局已通知各有关方面采取措施，但还是一点踪迹也没有找到。

一天，物理研究所副研究员孙兴来找黄局长，反映隐形人的事情。黄局长拿出一卷隐形人写的纸条，孙兴一看就说："不错，是东光科学仪器厂副总工程师赵卫国的笔迹，他是我的好朋友。"为了搞清真相，孙兴去赵卫国家留条约他到自己家里面谈一次。

晚上，黄局长和孙兴在家里等赵卫国。时钟敲了8下，他们感到有股冷风刮来，原来赵卫国来了。赵卫国看见公安局长，误以为是来抓他的。在消除了误会后，赵卫国给黄局长介绍了隐形的秘密："眼睛之所以能看到东西，是由于各种东西将光线反射到了眼睛里。由于隐形服能产生一种巨大的场，使光线在经过我身体周围

时发生弯曲，这样就谁也看不见我了。"正在这时候，黄局长接到报告，说有几个形迹可疑的人在窥视着赵卫国。黄局长就对赵卫国说："你的发明引起了国外的兴趣。"黄局长一边说，一边把一台微型无线电发射机交给了赵卫国。

　　午夜，赵卫国从孙兴家里出来，就被几个彪形大汉塞进一辆汽车，驶向郊区的一座别墅。一个肥胖的外国人见到赵卫国就说："我是一家公司的代表，对你的隐形术很感兴趣，希望你提供资料，我们出100万元。"这个阴谋遭到了赵卫国义正词严的拒绝。这时，黄局长在老赵身上的发射机指引下，也赶到这里，挫败了这批家伙的阴谋。

第二天，老赵把隐形服的设计图和使用说明书交给了国家科委负责同志，说："它应该属于祖国。"

《工人日报》，1979年1月31日～2月7日

冰山奇遇

吴 岩

原子能动力的多用考察船"横力"号行驶在南极罗斯海面上。一位慈祥的老人，著名生物学家尉迟教授正在给青年讲述南极风光，一些人在甲板上观赏不远处冰山上的帝企鹅。突然，宋小青发现冰山上有人，大家顺着他手指的方向望去，只见一个姿势滑稽的人影立在透明的冰层之中，好像是一个水晶人。

尉迟教授在望远镜中看到"水晶人"穿着50多年前式样的西装，他建议派人到冰山实地考察。由尉迟教授、宋小青和另外两个船员组成的考察小组，坐上扑翼机来到冰山上。他们发现"水晶人"显然是个中国人，他不是冻在坚实的冰层中，而是封闭在冰洞里。考察组通知船上派来支援人员，将剥离下来的、带着冰洞的大冰块运回"横力"号上。

两小时后，各地报纸就报道了这次冰山奇遇，中国科学院派了研究小组飞到"横力"号，和尉迟教授一起对"水晶人"进行全面研究。他们测定出冰洞里的温度是-200℃，洞壁上敷有一层"F—S"塑料。尉迟教授想起了50多年前，对"F—S"塑料发明权的一场争论，难道"水晶人"和这场争论有关吗？他建议想法复活"水晶人"，弄个水落石出。

世界生命研究会批准了尉迟教授的建议，并派了数名著名科学家来协助尉迟教授，"水晶人"终于复活了。

　　尉迟教授和"水晶人"谈话后，发现他果然是50多年前失踪的"F—S"塑料真正发明人叶汝师。叶汝师讲了当时的情况：他出生在台湾，和哥哥叶吾师一起留学美国，毕业后经过苦心研究，完成了耐寒绝热的"F—S"塑料的分子设计。他把这个消息告诉了哥哥。不久，两个自称是他哥哥同事的欧洲人来找他，邀他到南极实验室研究"F—S"塑料。试制出样品后，叶汝师把它敷在冰洞的壁上，接上温度控制器来试验它的性能，证明在-200℃温度下，塑料的耐寒绝热性能仍很好。这时欧洲人偷走了他的试验资料，骗他到洞中后把温度骤降到-200℃以下，他就失去了知觉……尉迟教授告诉叶汝师，当时那两个欧洲人以"F—S"塑料发明者身份取得了国际化学奖金。他哥哥叶吾师提出异议，但由于叶汝师失踪而未得结果。后来叶吾师死于车祸，有人怀疑是被人暗害的。

叶汝师的复活，终于使50多年前争论的问题真相大白于天下。

《少年科学》，1979年9月号

重返舞台

肖建亨

女歌唱家耿萍因疲劳和过度紧张而失声了。在无可奈何的情况下，她离开舞台，到音乐学院去从事教育工作。

不料，她的学生郭军，一个很有培养前途的抒情男高音，在学唱中也遇到了拦路虎，换声区总过不去，高音困难，耿萍对此也感到束手无策。忽然，她想起了与自己有一面之交的，一位搞生物控制论的科学家陈浩。于是，她请陈浩帮助解决郭军的换声问题。

郭军来到了陈浩的实验室。陈浩告诉他，这里的一台电子喉模拟器，能发出"啊、咿、呜"的声音，像一个人在练声一样；并要他跟着电子喉发声，如果换声换好了，另一台电视机似的机器——音质显示器的屏幕上，就会出现方框图形。

一开始，陈浩故意把音调放低些，让郭军自由自在地在他熟练的自然音区里唱，让他熟悉方框图的过程。以后，陈浩便渐渐将音调升高。当郭军发声后，方框图很正常，出现的次数也较多时，在电子计算机的控制下，电子喉发出的声音就会稍微往上调一些。当然，当方框图有些不正常，即郭军的那个音没有发好，还不适应时，音调就会自动地降低一些。

就这样，经过一段时间的训练，郭军的换声问题解决了。

耿萍的失声问题虽复杂一些，但主要的原因只不过是过分紧张的心理状态，使调节声带的各种灵敏的肌肉失调了，从而损伤了声带。郭军的换声问题奇迹般地解决了，燃起了她进行治疗的热情。在陈浩和研究所同志的帮助下，几经曲折，她的失声问题也得到了圆满的解决。耿萍重返舞台了。在舞台上，她和郭军的歌声博得了观众一阵阵热烈的掌声。

《密林虎踪》，少年儿童出版社，1979年2月

魔鬼三角奇案

汪建中

"呜——"玉玑山研究所的值班室响起了警报声。所长赵自强迅速扭开通话开关："紧急！紧急！R－5试验机于北京时间3点30分突然失踪，方位：'魔鬼三角'地区……"

4月16日，电视广播公司广播了一个震惊全球的重大新闻："天外来客"的假说正在进一步得到证实。一颗最新型的卫星"大力"号于14日夜间突然失踪；另一颗卫星"神秘"号也于15日脱离了地球，大约被某种物体引向太空深处；更令人费解的是，玉玑山研究所的最新试验机R－5号在15日的同一时刻，于"魔鬼三角"上空不明原因地消失。该机失事前，魔鬼三角地区神话般地发现一艘没有生命存在的渔轮"山丸"号……

在玉玑山研究所的一间幽雅的会议室里，正在举行第十五届航天技术交流会，专题讨论"天外来客"事件。

奥特罗首先发言："我们'征服者'宇宙中心认为，一艘圆碟形飞船4月14日光临地球。其轨道同蓝星公司的'大力'号卫星轨道相切，因此掠走了它。随后在'魔鬼三角'降落，使用一种不可

知的武器杀害了'山丸号'公民。请看，这是我们卫星摄到的圆碟形飞船照片……"

接着，蓝星公司的沃尔弗叫起来："我们的'大力'号正是在这个神秘的三角上空失踪的。这是'大力'号失事前发回的照片。"

奥特罗十分悲痛，诚恳地对赵自强说："地球公民的生存已不能自保，神秘的天外来客在威胁我们，希望你能给这次不幸事件找到一个正确的答案。"

"诸位先生"，赵自强微笑着说："我要宣布一个不合时宜的见解：R－5不是天外来客掠走的。而是在15日磁暴发生时，R－5的磁罗盘失灵，加上飞碟干扰中断通讯，因此才被气流卷进海里。14日'大力'号被蓝色圆盘切断联系后，立即被'神秘'号装进了携带舱。15日'神秘'号有意离开自己的轨道，准备滑到预定地点由另一颗卫星接应，造成'神秘'号与'大力'号同时失踪的假象，以掩盖偷窃罪恶。刚巧磁暴发生了，它弄假成真，飘向太空。我'华磊'号火星飞船在返航途中发现了它，把它们都带了回来，这里有劫夺'大力号'的全部胶卷。"

"哦？赵先生，我明白了！"沃尔弗突然大叫起来，"这是强盗的行为，难以想象！""沃尔弗先生，请别激动，请看一下电视录像你就更明白了！"赵自强说。接着在电视屏幕上出现了一个巨大的怪物，一个庞大的圆盘倒扣在海底，蓝色的金属外壳反射着灯光。旋翼安装在下方，旋转时类似大型直升机，旋翼反转时，可强行沉入深海。圆盘配有超高功率大型激光器、微波辐射致热武器，因为它缺乏超级能源，常规能源设备笨重，因此只能长期潜伏深海，深夜浮出海面，监视航天活动。14日截断"大力"号通信，杀害"山丸"号船员；15日，劫夺失事的R—5号未遂……

　　这时，只见圆盘升上海面，将进入水平飞行时，一道看不见的光波射过来，瞬间，蓝色圆盘无声无息地化成了一团雾气，消失在天空中。这就是人们已知的第一个"天外来客"。

《边疆文艺》，1979年10月号

"金星人"之谜

肖建亨

在金星的上空，发现了一颗人造卫星。星际航行委员会为此召开了紧急会议。会议决定，派出考察队到金星去，和"金星人"取得联系。

一个由星际航行家、地质学家、天文生物学家和语言学家组成的金星考察队，登上了大气弥漫的神秘星球——金星。他们发现，在这个星球的表面，平均温度高达475℃，空气里的主要成分是二氧化碳，大气压竟是地球上的90多倍！在这样严酷的条件下，是不可能有任何生命存在的。那么，这颗人造卫星会不会是另一个星系里某一个星球上的智慧生物，派到我们太阳系来的宇宙飞船呢？

不入虎穴，焉得虎子。考察队的科学家们不畏艰险，登上了这艘神秘的飞船。奇怪，这里为何竟寂静无声？经过一番搜索，才知道这艘飞船的主人已全部牺牲了。他们留下了一本密密麻麻地写着许多奇形怪状文字的航行日记，一张极为清晰的地球的照片，和一封写给全体地球人的信件。

历时一年零两个月的金星考察顺利地结束了。在飞回地球的时候，考察队员已通过电视，将一些主要的文件发送到地球上。

在星际航行委员会的大厦里，关于这次考察的报告会正在进行。这以前，在语言数理学家的指导下，那些奇异文字的奥秘已被揭示，一些主要的文件也都已翻译出来了。

原来，这艘飞船叫做"探求"号。它是从一个恒星系"杰伦"(意即光明)中的一个名叫"刚里卡"的行星上，花了整整27年的时间，飞到太阳系来的。

　　"探求"号飞船的主人受全体刚里卡人的委托，前来考察太阳系，查明在太阳系的行星上，是不是也像刚里卡一样居住着人类。他们在太阳系里发现了第一个行星——金星，考察结果，这个星球至今还处于一种很活跃的地质状态；正打算进行更进一步的考察时，强大的宇宙射线流突破了"探求"号的防护措施，打中了乘员们的身体，死亡严重地威胁着他们。英勇的刚里卡人虽然已失去了行动的能力，但仍然坚守岗位，整日整夜地用各种仪器，在计算着，在探索着……终于，在临终前的一刻，他们看到了一颗蔚蓝色的星球，发现了一个充满了希望、居住着掌握了高度文明的人类的星球——地球，并看到了从地球上发射出来的人造卫星。可惜，此时他们已即将离开世界，无法把这个喜讯带回到刚里卡去了。

"探求"号飞船的代理船长在写给全体地球人的信中，详细地叙述了他们的经历和遭遇。最后，他代表全体刚里卡人，热情地邀请地球人到刚里卡去做客，并预祝地球人旅途顺利，在征服宇宙的道路上获得更大的成就！

《科学文艺》，1979年第1期

梦

肖建亨

在火车上，粗心的小梅拿错了手提包，把一位姓林的阿姨的包给取走了。

回家后，小梅才发觉在这个包里装着一个灰黑色的铁盒子和两个笔记本。晚上，小梅读了几遍英语后，为了物归原主，便翻开笔记本，寻找林阿姨的地址。结果，地址没找到，却从夹在里面的两封信中了解到，这个铁盒子原来是研究所刚研制出来的一台"梦中学习机"。整台仪器有两个按钮，白色的是"加强记忆档"，红色的是"录梦档"。小梅顺手把那个白色的按钮往下一揿，就蒙头睡了。出乎意料的是，在第二天的英语课上，一向记性不好的小梅，竟一口气背完了课文。小梅想，这也许是那台仪器在作怪吧！

第二天晚上，小梅看完了一本关于星际旅行的科学幻想小说后，按下了红色的"录梦档"按钮，便侧着身子躺下了。那天晚上，小梅梦见自己和同班的好朋友毛淑英、李萍萍等同学，乘着宇宙飞船到星际旅行了一番。

小梅把梦中的情景告诉了毛淑英和李萍萍，她们都有点半信半疑。因为在小梅的梦中，李萍萍曾经写过一封长信，这样一封信，不用说李萍萍写不出来，就连小梅自己也是写不出来的。"莫不是从那本科学幻想小说里看来的吧？"李萍萍问道。小梅翻开那本小说一看："哎呀，果真一样！"她惊讶得大声叫了起来。

这事真是太离奇了。毛淑英和李萍萍跟着小梅来到家中，仔细地察看那台仪器和笔记本。细心的毛淑英发现笔记本里有这样一段话："人在八小时的睡眠中，必然要做梦。如果能利用睡眠，利用梦，那么，我们就能缩短人类的学习过程。试验证明：我们完全可以利用梦来加强对白天学习的东西的记忆。希望上级能批准我们进行人体试验，尤其是进行青少年的学习试验。"经过商量以后，这三个初一学生决定，千方百计去寻找林阿姨，在仪器送回去之前，就帮科学家做试验！

为了迎接市里的外语比赛，学校进行了初试。成绩公布后，老师和同学们都感到非常意外；小梅是第二名，毛淑英是第四名。尤其叫人惊讶的是，班上功课最差的李萍萍，这次居然考了个第九名。不言而喻，这是那台仪器在发挥作用。

科学实验是慎重而复杂的事，这几个孩子冒冒失失地搞起试验来，哪能不出娄子呢！市里的外语比赛还未结束，小梅就昏过去了。

等到林阿姨闻讯赶来，小梅已被送进医院。李萍萍告诉林阿姨，为了帮助阿姨做试验，小梅天天晚上都在用这台仪器，还把试验时的感觉和情况，详详细细地记录下来。

在精心的护理下，小梅苏醒了。林阿姨告诉小梅："这仪器能接收人脑思维活动所产生的电波。不过这电波太微弱了。所以，这仪器要靠近试验人的头部才能起作用。那天你偶然揿下开关，又正好放在靠近你头部的床头柜上，所以这仪器就工作起来了。"

小梅对林阿姨说："市里比赛的前一天晚上，我想多记点生词，就把红、白两个按钮都撤了下去。""这样一来，你就受到了不应有的刺激，加上你又开了几天夜车，第二天天气又热，比赛时大概又过分紧张，结果，你就昏倒了。"林阿姨笑着说："我们把你的考卷和作业簿都调来了。从考卷上看，你默写的生词都可以得满分，可是灵活运用部分却不行。这就说明，你还没有弄懂。什么叫真正的学习？真正的学习是建立在彻底理解的基础上的。你的这次试验，从考第一名来讲，是失败了，可是从研究工作来讲，却是成功的。"

听到这里，小梅一下子明白过来了。她激动地抱住了林阿姨。

《梦》，江苏人民出版社，1979年6月

万能服务公司的最佳方案

肖建亨

有一天，沈毅老师傅不小心把一块刚买的电子手表掉到马路边的阴沟里去了。正当他左右为难时，有人建议他去请求"万能服务公司"帮助解决。沈师傅抱着试试看的心情来到了这个公司。

所谓"万能服务公司"，实际上是一个电子计算机中心。沈师傅把丢失的电子手表型号以及丢失的时间、地点等情况详细地告诉了电脑后；就回家静候通知。

回家后，沈师傅向老伴讲述了丢表和找表的经过，被老伴着实唠叨了一阵。正当老伴对"万能服务公司"发表不信任的议论时，电话铃响了。原来"万能服务公司"已用专门清除下水道里淤泥的机器蟹将电子手表捞起来了，请他去认领。电脑的这一招，使沈师傅的老伴对电脑佩服得五体投地。但随之而来的是，她向"万能服务公司"提出了要寻找失散几十年的儿子大毛头的要求。

早在重庆解放前夕，沈师傅不仅失业，而且病魔缠身。夫妻俩不得已，把刚满周岁的第一个孩子大毛头，送上了街头，让别人捡了去作养子。新中国成立后，沈师傅的生活越来越好，到处打听大毛头的下落，但总是没有消息。

电脑根据沈师傅夫妻提供的关于大毛头的出生年、月、日、时辰以及大毛头身上的特殊标记，查阅了储存在电脑里的重庆市户口档案，调查了147个和大毛头同年同月同日生的男同志，但令人失望，还是找不到大毛头。

"万能服务公司"并不灰心。它取得了关于大毛头的进一步材料和沈师傅夫妻俩的照片后，就与北京的总公司取得了联系。总公司的电脑只用几分钟的时间，根据重庆分公司提供的情况，作出了1786个方案，再通过筛选，按次序排出了最佳方案、较佳方案……

接着，总公司电脑在全国范围内进行搜索、对比和鉴别，调查的范围越来越小；最后，通过组织鉴定，终于发现兰州的卢道生就是沈师傅失散几十年的儿子大毛头。沈师傅夫妻俩与失散几十年的儿子卢道生，在终端机和荧光屏上第一次幸福地见面了。

《我们爱科学》，1979年7～8号

夜空奇遇

谢 础

闪烁的星星，镶嵌在黑天鹅绒般的夜空里，显得格外明亮。优秀飞行员林秋驾驶着一架出租飞机，载着四位外宾，正从北京飞往天津。忽然，林秋发现，在飞机的前上方有一只巨大的圆盘，无声无息地飘浮着，同他的飞机结伴而行。那只大圆盘发出淡淡的绿光，正在不断地向林秋的飞机靠近。

　　林秋把驾驶杆向前推去，飞机立即向下俯冲，但是，圆形的怪物依然跟了过来。眼看就要发生撞击了，林秋猛然一蹬舵，飞机做了一个灵巧的急转弯，从怪物面前滑了过去，斜着冲向地面。这时，林秋用眼睛来回向夜空搜索，除了眨眼睛的星星之外，竟然什么也没有。

　　第二天，外交部新闻司为在京的中外记者举行招待会，民航空中出租飞机公司的陈经理和新闻司负责人都出席了。在招待会上，林秋详细地介绍了这次离奇的事件。但是，许多外国记者都有些怀疑，这会不会是飞行错觉？也就是说，是不是林秋看错了目标，或者在瞬间由于疲劳产生了幻觉。

　　总参也专门召开了汇报会。会议主持人先请陈经理和林秋对事情的经过作了简要的介绍，紧接着，讨论开始了。

　　航空空间学会的老卢说："国外把这种神秘的飞行物体称为'飞碟'；不过在官方文件里，都把这类来历不明的怪物，称为'不明飞行物体'。三十多年来，据有案可查的目击者报告，这类事件不是几百起，也不是几千起，而是几万起！美洲、欧洲、中东、亚洲都有人向当局报告，见到过这类不明飞行物体。港澳地区和国内其他地方也有发现。对于它的来历，国外众说纷纭，莫衷一是，目前尚无结论。"

　　航空科技大学的教授发言说："这种不明飞行物体具有高超的机动性能，当前无论哪个国家，都没有能力制造出飞行性能这么好的飞行器，因而这样的飞行物体，地球上的人造不出来。"一位年过半百的天文学家补充说道："现在看来，银河系里肯定存在着智慧生物。他们的智力水平和社会进步程度，有的可能远远超过我们。可是宇宙实在太大了，从文明星球上派出的飞船，飞到地球来的可能性实在太小了。因而，这个问题还是不能轻易下结论。"

　　有些同志提出："这一次林秋同志的飞机受到威胁而迫降，说明不明飞行物体的问题，涉及我们空域的安全。"会议结束前，首长讲了话。他说："对于不明飞行物体这个大自然的秘密，看来需要研究。如果能在我们国家把这个谜底揭开，这是对人类科学的一大贡献。"他还指示空军加强戒备，必要时可以进行截击。

又是一个晴朗的夜晚，林秋送几位客人从北京飞往天津。到天津机场还不到11点，林秋决定立即返回北京。夜色依然同往日一样美丽，但是伴着均匀的马达声，林秋心情却平静不下来。忽然，他感到自己的上方又有一个庞大的阴影。林秋大吃一惊，再仔细观看，果然是前天晚上的怪物又出现了！此刻，这个飞行物正从林秋的前上方渐渐下降，步步逼近林秋飞机的机头。

林秋将情况向地面指挥塔汇报后，由空军某师一团的刘大队长率领的一个歼击机组赶来支援了。可是，雷达上找不到那个飞行物体。为此，刘大队长他们十分焦急。林秋突然想起，自己的飞机在雷达上是有的，只要自己还在空中，歼击机就能通过雷达找到自己的飞机，从而看到纠缠着自己的空中怪物。于是，林秋使出全副精力，在空中左旋右转，上下翻筋斗，尽力同那个怪物周旋。

刘大队长的飞机赶到的时候，正好看到那个怪物把坚硬的外壳撞在林秋飞机的螺旋桨上。林秋的飞机立即失去平衡，向地面掉了下去。几乎就在同时，从刘大队长的两侧机翼下方，闪出两道火光。两枚空对空导弹直奔飞行怪物打去。可是，这两枚导弹都从两边飞了过去，没有命中。刘大队长加大油门，歼击机像闪电般地逼近飞行怪物。就在快要相撞的瞬间，刘大队长猛按激光炮炮钮，机头两侧喷射出两道纤细而明亮的光束——命中了。奇怪的是，这个飞行怪物并没有被击落，也没有发生爆炸，而是立即转向飞走了。当它飞到渤海上空时，已逐渐坠向水面，最后便沉入海底了。

林秋的飞机被撞坏坠落的时候，林秋被撞晕过去。经过半年的休养，他恢复了健康。

这次发生的不明飞行物体撞毁民航机，以及它自己随后被歼击机击落的事件，轰动了全世界。因为它首次证明了不明飞行物体确有其物，而不是人们的幻觉；还首次证明了它是可以被打败的。林秋和刘大队长还应联合国大会的邀请，专程前往纽约，到不明飞行物体调查委员会作了报告。

《航空知识》，1979年3月号

航天播雨

谢世俊

于霞被批准上霞姑村去了。她感到无比激动，因为她是气象系第一个、南方大学第三个上霞姑村去的人。同学们都来向她祝贺。

霞姑村是一颗巨大的静止卫星，位于南沙群岛上空，离地36000千米，方圆五六千米，有几千名科技人员在上面工作。这次有一项全国性气象计划，于霞因学习成绩优秀，被邀参加研究。她的表哥项明是北方大学教师，正好被指定为这个小组的指令长；另外还有一些别的大学的学生和气象工作者。工作组总共12个人，由国家气象局的房处长和关总工程师带领。

他们在宇航站稍事休息，即乘航天交通艇"玉兔"号到了霞姑村。他们看了科学文化区和住宅区的"天街"，又看了农业区的"悬圃"、工业区的"天工坊"。悬圃里种着许多奇异的作物。天工坊生产一种超重元素"息壤"。息壤在各方面都有应用，和氮形成的化合物息壤氮能使未饱和空气中的水汽凝结云雨，这种雨能使植物生长繁茂。

任务下达了：北方久旱不雨，要求他们从太空进行大面积人工播雨，所用的催化剂就是息壤氮。方法是在长江以南把空投箱推出去，点燃自动火箭减速，以后每降一定高度便爆炸一次，分出100颗息壤氮炸弹，均匀地把息壤氮粉末撒播在云层里，这样，黄河中下游就会普降喜雨。他们分成三个播雨队，顺利地完成了任务。

半个月后，地面上北方地区从播雨后没下过雨，旱情未除；江淮流域又出现了连续不断的黄梅雨。

他们制定了新的方案，决定把黄梅雨北调，一箭双雕，南北方的灾情都可解除。这次的作业，他们又很顺利地完成了。

正当他们的任务结束在作总结时，收到地面一份急电，说是有一艘200万吨级油轮在马六甲海峡触礁，引起大火，使整个海峡成了火海，要他们火速用播雨的方法扑灭这场大火。他们正在讨论方案时，于霞观测报告，大火造成的云层已经开始下雨，于是决定直接在海峡上空撒播。方案实施后，火海上空很快起了变化，彻底灭掉了大火；又一阵大雨解决了大火造成的大气污染，至于海面污染，则可留给地面去解决。这时他们收到了当地的致谢电函。

他们顺利地完成了各项研究项目后，带着优异的成绩回到了地面上。

《航天播雨》，辽宁人民出版社，1979年11月

长翅膀的猫

忻　昀

清晨，我正在看科普读物《趣味遗传工程学》的时候，一只长翅膀的白猫飞到了我家。它的鼻子似狗，蓝眼睛，是一只奇特的猫。

厨房门一开，这白猫突然腾空而起，像闪电似的把快要跑进墙洞的老鼠抓住了。

一次，我带它去钓鱼，钓上来的尽是些小鱼。我正在感叹的时候，白猫飞到了我的脚边，咬住我的裤管，使劲地往前拖着，把我一直拖到不时跃起大鲤鱼的深潭边，还朝我"喵、喵、喵"地叫了几声，仿佛在告诉我："这里才有大鱼！"可惜，我带来的鱼钩太小，钓不起大鱼。我试探着把鱼钩伸到白猫的鼻子前，让它闻了闻，叫它快回家去替我把另一袋大号鱼钩拿来，然后把它的脑壳转向回家的方向，催它快去。

一个多小时以后，白猫叼着我盛放大号鱼钩的塑料袋，飞奔到我的身边。事后我才了解，白猫飞回家后，一直绕着放鱼钩的桌子转来转去，望着抽屉直叫，这才引起了我妈妈的注意。她一拉开抽屉，白猫就飞上去，叼起了装鱼钩的塑料袋。

突然，白猫眼盯着右前方的森林，鼻子一耸一耸的，好像嗅到了特别的气味。原来，一只大田鼠正在向森林中逃窜。我带着白猫去追捕，田鼠被抓住了，我却迷了路。无可奈何之下，我只好寄希望于白猫。我跟在它后面转了几个弯子，终于走出了森林。

在回家的路上，我看到了遗传工程设计院的寻猫启事，这才知道白猫是设计院培养出来的一种新型的猫。

我带着白猫匆匆赶到了遗传工程设计院。在院内的一个喷水池里，我看到了长着两个脑袋的花鲢，露出满口牙齿的金鱼，伸出四条短腿爬上了池壁的青鱼……

设计院的一位科学家老伯伯高兴地收下了白猫，并告诉我，它是用鸽子和狗的脱氧核糖核酸上的遗传信息，移植到良种猫的身上才培养出来的。这些长翅膀的猫是内蒙古自治区订的货，它们将要到草原上去完成捕鼠任务。

《少年科学》，1979年1月号

魔 伞

忻 昀

岩龙的爷爷是傣族的著名猎手，他给岩龙逮来一只小猴子波波。这天下午，岩龙正在训练波波，依娜大姐领着三个远方来的客人来寻他的爷爷。真不巧，爷爷到州里开会还没回来，客人只好在竹楼里等着。

岩龙抱着波波，打量着三个客人：中年人叫老王，戴眼镜的老爷爷叫老郭，一个年轻的阿姨叫小倩。他们到西双版纳来干啥呢？

"你爷爷是著名的猎手吧？"小倩问。岩龙点点头。老王说："我们是滨海来的捕象组。我是春风公园的，小倩阿姨是马戏团的驯兽员，老郭爷爷是生物电子研究所的科学家。我们想找你爷爷了解大象的活动情况，请他做个向导。"

岩龙听了感到非常奇怪，他们三人除了三个挎包和一把黑伞，什么东西都没带，用什么捕象呢？

等了半天，爷爷还不回来。老王看到波波，就提议让猴子先到密林中去侦察大象的行踪。老郭同意了。老王从挎包里取出一架薄膜电视机，挂在墙上让波波看，荧光屏上出现了各种动物。一头大象一露面，老郭就用伞尖轻轻地敲敲猴子的脑壳说："记住，这就是你要侦察的对象。"这样重复了几十次之后，老郭说："行了，放它去找吧。"岩龙怕波波去了不回来，老郭叫他抱着波波到外面待一会儿再到里面来，郭爷爷举起伞点着猴子问道："你喜欢这竹楼吗？"这样反复了几十次，他们就把波波放了。

直到第二天早上波波才回来。他们就由波波带路到密林中去捕象了。走到半路上，波波突然惊叫起来。老王夺过老郭手中的黑伞，急忙冲向前去，原来是一只金钱豹在紧追着波波。老王朝金钱豹举起了黑伞，一会儿金钱豹就趴在地上睡着了。他们继续朝前走，来到竹林旁的河滩。波波突然兴奋起来，它把他们领到了象群的地方了。

30多头象在水边嬉戏，小倩选中了一头两岁左右的幼象，老王把伞尖瞄准了它，幼象如触电一般浑身一抖，朝着人们怒气冲冲地望着，老王把伞柄轻轻一扭，幼象显出异常舒服的样子，跟着人们走回村去。一路上，波波骑在象背上，老王扛着伞，伞尖始终对着幼象。他们顺利地回到村里，幼象乖乖地走进预先准备好的铁笼里，捕象组的三个人，准备押送幼象回滨海去。

　　这把黑伞为什么这么厉害呢？岩龙答应把波波送给郭爷爷，条件是要郭爷爷告诉他黑伞的秘密。"好吧！"郭爷爷告诉他，这黑伞是一种微波发射器，能发射不同频率的微波，远距离刺激动物的脑神经，使他们产生快感、睡眠，或者记住事物的条件反射等。只有精确地测量了各种动物的脑电流，绘出它们的脑图，才能随心所欲地使用这把黑伞，降服各种禽兽。

《少年科学》，1979年8月号

神 衣

忻 昀

在一个阳光灿烂的上午，我跟爸爸去看了一场叫《神衣》的电影。影片中的主人公从仙人那里得到一件神衣，并靠着神衣的帮助，消灭了害人的蝙蝠精……看完电影后，我仰起头对爸爸说："世界上要是真有神衣就好了。"爸爸一听，哈哈大笑："那是神话故事，天底下哪会真有神衣啊。""不，真正的神衣是有的。"忽然，一个平静而自信的声音，在我们背后响起。我和爸爸不约而同地回头一看，站在我们身后的是一位40多岁的叔叔。他是爸爸的老同学，叫赵灵，在生物电研究所工作。我好奇地望着赵叔叔。他对我说："'六一'儿童节那天，我一定送你一件神衣作为礼物。"我高兴得真想在地上连翻五个跟头。

时间过得真快，转眼就到了"六一"。一辆绿色的无人邮递车给我送来一个小包裹。我打开一看，是件浅蓝色的短袖衬衫。它质地轻薄，在阳光下闪着金属的光泽，一排纽扣十分漂亮，就像一颗颗晶莹的蓝宝石。

我穿好了衬衫，抬头一看，已经九点了。今天学校举行"六一"运动会，我报名参加了好几项比赛，要马上赶去学校。

在学校的运动场上，我接连参加了几项比赛，累得筋疲力尽，正当我靠在双杠边上休息时，忽然听到有个女孩子细声细气地叫我："小明注意，小明注意！"我回头看了看四周，没有一个人影。哈，声音原来是从衬衫上的第二颗纽扣中发出来的。我疑惑不解地问："你怎么知道我叫小明？""我是神衣，是赵灵叔叔告诉我的，他让我为你服务。小明，你今天上午的运动已经过量了，该休息了；否则，到了晚上，你的扁桃腺要发炎，预计体温要上升到

38℃左右，并引起淋巴结肿大。"我不信，像我这样强壮的身体，还会生病？这时，我的小朋友小虎跑来找我，叫我赶快去参加1000米长跑比赛。顿时，我把神衣刚才的警告全抛到了九霄云外。

下午，我感到嗓子发干，淋巴结胀痛，头昏目眩，真的生起病来。我打开家里的通信电视机，屏幕上出现了张医生的一张笑脸。他问了我的病情，并让我在电视机前量了体温，诊断结果是扁桃腺发炎，体温38℃。张医生给我开了药方，并关照我要按时吃药。这时，我身上的神衣又开口了："小明注意，你病了，马上按医嘱服药，并赶快将衬衫上的第三颗纽扣往左旋转一周，一小时之后，病便会好了。病好后，不要忘了把纽扣旋回原处。"我照办了，果然，一小时后，我的病好了。

这时候，正好小虎拿了一盒蚕宝宝来找我。我看了真高兴，就转身去院子里采了一衣兜桑叶，捡了几张放进纸盒里。谁知，蚕宝宝刚爬上桑叶吃了两口就直挺挺地躺着不动了，它们都死了。小虎怪我一定是桑叶上有毒，把它们都毒死了，吵着要我赔，我急出了一身汗。正在我烦恼时，不知从哪里飞来了一只苍蝇，我就把怨气都出在苍蝇头上，非把它打死不可，我刚要举起苍蝇拍打下去，不料它从空中掉了下来，死了。怪事！这会不会是神衣在暗中作怪呢？我望着身上的衬衫，才突然想起忘了把第三颗纽扣转回原处。我的猜测一点也不错，当我把第三颗纽扣转回原处，衬衫就再也不是虫子的"死神"了。这时，小虎央求我把神衣借给他穿两天。他一边说着，一边动手来解我的纽扣，我一挣扎，第一颗纽扣被小虎拉掉了。

第一颗纽扣掉了以后，神衣就成了一件普通的衬衫，再也不会发生神秘的作用了。原来，第一颗纽扣是一台微型电脑；第二颗纽扣是只微型喇叭；第三颗纽扣是台微波发生器，它能产生杀死细菌和昆虫的微波。第二、第三颗纽扣都听第一颗纽扣——电脑的指挥。但是，它们都需要用电，难道衬衫上还有个看不见的发电厂？

我和小虎一起坐了汽车去找赵叔叔。赵叔叔告诉我们："任何一种生物体内都有一种生物电，不过电流极其微弱。神衣能将微弱的电能贮存起来。另外，它还能将太阳能变成电能，并通过衣料里的特殊金属丝传送到微型电脑中，供微型喇叭和微波发生器工作。"到这时，神衣的谜底才全部被揭开了。

《世界最高峰上的奇迹》，少年儿童出版社，1979年9月

天外归来

徐臻泉　　盛汉清

小林今天突然接到太空来电，知道爸爸和妈妈结束了在太空城进行的太阳能电站试验，明天将一起返回地球，九时半到达首都航天机场。

第二天清晨，小林乘坐地下喷射列车来到航天机场。他从欢迎的人群中发现《太空日报》的特约记者高文叔叔。高文原是小林的爸爸林大宇教授的学生。

九时半，机场上空却不见航天飞机降落，小林和高文开始不安起来。突然，机场的播音器传来了消息：409航天飞机因故延迟，具体降落时间另行通知。小林闷闷不乐地跟随高文来到《太空日报》社等候消息。

此刻，报社已收到太空城发来的消息，得知409航天飞机因受到强磁场的干扰，突然失去了控制。现在，干扰已被排除，409航天飞机改正了航向，继续飞回地球。

一时十分，在宇航中心的控制室里，又传来了林大宇教授的呼叫："我是409，有紧急情况汇报。"原来在半小时前，发现一个

不明物体向409靠过来。这是某国放出的一颗拦截卫星，妄想阻挠409前进。当拦截卫星越来越接近时，突然从409的机舱内伸出一双机械手，把拦截卫星抓住，拖入舱内。

正当409航天飞机快要进入地球大气层时，某国竟从地面发射高能激光束，使航天飞机上的燃料管阻塞，失去动力，随时有跌入大气层坠毁的危险。林大宇教授担心航天飞机的新型太阳能卫星电站的电能工具，万一落入某国手中，后果不堪设想。但是当他发现只是燃料管被阻塞时，便放下心来，沉着地命令："换上新1号能源！"话音刚落，409的机头立即伸出两条触须似的天线。航天飞机在太空中摇摆了几下后，又振翅飞翔起来。

409航天飞机终于闯过重重难关，穿破层层迷障，于当天下午安全降落在庐山附近的中南2号航天机场。

《江西日报》，1979年7月15日

小宇飞向木星

严霞峰

一个星期天的上午，航天爱好者张小宇正在房里饶有兴趣地摆弄着一架宇宙飞船的模型。邮递机器人送来一份通知书，但上面连一个字也没有。小宇用通知书上的一枚唱针跟磁带一接触，通知书就发出了清脆悦耳的声音："张小宇同学，请即刻来少年宫航天站进行航天考试……"于是，小宇和好友沈大刚马上赶到了少年宫。

小宇的爸爸是宇航员，今天的考试就由当年与爸爸一起登月的宇航员王翔主持。小宇、大刚经过一系列面试和体检，全部合格。他们两人喜滋滋地领到了"旅行证"。不久，他们将乘坐原子能火箭飞船，到离开地球6.4亿千米的木星去作一次奇妙的旅行。

这一天终于来了。王叔叔和他们一起上了飞船。飞船在火箭的顶端，火箭长150米，有75000吨推力，去木星旅行，往返一次要花14天时间。

飞船按时起飞了。忽然，大刚飞了起来，原来他忘了扣好腰带，在失重的情况下，飘了起来。

经过几天的飞行，飞船离木星越来越近。王叔叔想考考他们，提出了一个个有趣的问题："木星比地球究竟大多少？它有几个卫星？它离开地球有多远？"小宇、大刚都一一做了回答，受到王叔叔的称赞。大刚突然想起木星上的"大红斑"，问王叔叔："大红斑是怎么回事？"王叔叔想了一想，看了一看手上的电子手表，飞船已经飞行7天了，离开木星只剩下最后的10万千米了。王叔叔对大刚说："等一会儿，你们自己用眼睛来看一下吧。"王叔叔的话音刚落，大刚便将望远镜对准了木星。木星上的红斑长2万千米、宽1.1万千米，可以容纳3个地球。王叔叔告诉大刚："大红斑可能是巨大的低压旋涡，就好像地球上的台风，但木星上的'台风'寿命可长达好几百年哩！"

这时，王叔叔开始了紧张的科学考察工作。他一会儿作观察记录，一会儿忙着用激光给木星拍摄照片。小宇和大刚成了王叔叔的得力助手。

飞船在返回途中，他们发现在不远的地方有一个像顶大型草帽形状的飞行体。王叔叔告诉他们："这是中国的空间熔炼厂，小宇的爸爸就在那里工作。"

又过了几天，飞船平安地回到了地球。

《知识窗》，1979年第2期

火星寻妹记

阎正兰

夏天的早晨，小星星接到姨妈发来的电报，邀请星星全家去火星参加表妹丽丽的生日聚会。小星星高兴极了。可惜，爸爸和妈妈工作忙，抽不出空来，小星星只好自己一个人独自去火星。

小星星来到星际航行候"船"室，登上了飞往火星的飞船。飞船先在一个空间站停靠了一下，经过检疫，继续向火星飞去。邻座有位叔叔借给小星星一台望远镜，星星从望远镜中看到一个星球，上面有座巨大的建筑物。他高兴地跳起来："火星到了！"那位叔叔告诉他说："那是'火卫一'，上面的建筑物是臭氧制造厂。"小星星问叔叔："臭氧有什么用？"叔叔笑了笑说："火星过去没有臭氧层，现在建造了臭氧制造厂，可以保护登上火星的人和生物免受紫外线的伤害，还可防止氧、水蒸气的大量散失。"

小星星正听得入迷，不觉已到了火星。下了飞船，他急忙去找表妹。可是，粗心的小星星却忘了姨妈的地址，只好边走边问。

小星星走到一堵上面有一个巨大的S字样的大墙下时，被一股巨大的力量吸了过去。一个正在玩耍的小朋友赶紧把他拉下来："这是人工磁场。"小星星听了问道："人工磁场有什么用呢？"小朋友说："它是仿照地球南北极建造的。有了它，就像是有了一顶保护伞，可以使太阳风、高能粒子和靠近的流星发生偏转。"

小星星告别这位小朋友后，来到了一幢漂亮的小房子里，看见一位老公公正在观察仪表。原来这里是空气调节站。在火星上，氧和水蒸气太少，二氧化碳太多，不进行调节，人就无法居住。

后来，小星星又跑到一个地道口，他满以为这是地下铁道，谁知却是一个温度调节站。由于火星昼夜温差十分悬殊，必须进行人工调节才行。

小星星找了很久还没有找到姨妈家，正在担心的时候，有位好心的叔叔告诉他："到问事处去问一下。"问事处的电脑立即把姨妈家的地址告诉了小星星。小星星按照地址顺利地找到了姨妈家，参加了表妹丽丽的生日聚会。

《幼芽》，1979年第4期

密林哨兵

杨叙南   陶锦生

应舅舅的邀请，小林和他的两位同学启程到丛林村军事科学研究所去参观。路上，他们被一本遥控技术方面的书迷住了，误了乘车的时间，开往丛林村的汽车开走了。看看天色还早，他们就决定步行而去。

天完全黑了，小伙伴们在密林中迷路了。突然，树顶上空发出一阵"嗡嗡"的响声，小林和他的小伙伴紧张起来了。"小朋友，你们三个人深更半夜到密林里来干什么呀？快向左边走，赶快出森林，这里危险！"空中发出了突如其来的声音。

这是什么人？他在哪里？小林他们坚持要看看这位奇异的空中"人"。经过一番交涉以后，终于说服空中"人"飞回去请示了。

不一会儿，一架无人驾驶的直升机飞来了。一位戴着帽子和口罩的人请他们上直升机，并欢迎他们前来做客。到丛林村后，又为他们安排了住宿。

次日清晨，那人又来了。小林正要迎上前去，仔细一看，这分明是个机器人呀！他是边防哨的接待员，昨晚是他把小林他们接来的。

机器人安排三个小伙伴观看了电视纪录片《密林里的战斗》。片子再现了前天夜里，空中机器人大战八个越境匪徒，最后把他们一网打尽的生动情景。

机器人又把他们带到了边防哨的指挥所。在那里，小林他们看到了躺在发射架上、一动也不动的空中机器人，还看到了真正的解放军叔叔。解放军叔叔告诉小林，他舅舅因任务在身，不能来看他们了。这位解放军叔叔陪着小林和他的小伙伴参观了指挥所，还一一回答了他们的询问。这里的荧光屏用于显现巡逻防区的情况，那里的一些指示灯是设在每个林区的接收装置，只要发现问题，灯就不亮了。随着铃声报警，空中机器人便立即出动。

那么，怎样指挥空中机器人的行动呢？解放军叔叔告诉他们："我发现了问题，就迅速将信号报告行动站，由行动站直接遥控空中机器人的行动。空中机器人的背上装有喷气管，可以在空中自由飞行，还能对事物作出判断并采取相应的措施。而所有这一切，又是靠电子计算机来控制的。"三个人惊奇地听着，简直入了迷！

《少年科学》，1979年4月号

丢了鼻子以后

叶永烈

孙华教授是一位著名的中国留美香料专家。他经过曲折的道路，终于回到了祖国的怀抱。

我和老沈怀着对孙教授的敬意，站在深圳车站站台上，等待着他的来临。

列车长鸣一声，稳稳地靠站了。使我感到吃惊的是，尽管骄阳当空，热不可耐，但孙教授却戴着一个大口罩；后面跟着一个瘦长的年轻人，他虽没有戴口罩，但是只有一只耳朵。这种奇怪的现象使我们很纳闷。由于孙华教授经过长途跋涉，已显得疲惫不堪，在路上我们也就不宜多问了。

在广州中山医院病房的会客室里，我第二次见到孙教授和那位瘦削的年轻人。经过介绍，我才知道，这位年轻人是孙教授的独生子——孙念。孙教授经过几天的休息，脸色已好多了，但仍戴着大口罩。他是一个健谈的人，只是发音不清楚，再加上广东乡音很浓，我听起来相当吃力。他慢慢地讲述了自己辛酸的身世和艰难的经历。

原来，孙教授的父母是华侨。当他在广东海丰县出生后不久，就随父母来到美国旧金山。他从美国哈佛大学化学系毕业后，专门从事香料研究工作。由于他酷爱科学，善于钻研，大学毕业不久就获得博士学位，成了著名的香料专家。他怀念祖国，回国后，在南京的一所大学化学系任教，想用科学救国。但是，在国民党统治下，科学被窒息，孙教授无法进行研究工作。当南京快解放时，他又被迫到了台湾，在台北大学任教。

　　在台湾，孙华教授贫穷潦倒，但是仍顽强地进行科学研究。经过多年的艰苦研究，孙教授终于在世界上第一个用人工的方法制成了一种新奇的香料——"香料之王"。这种香料香味清新，淡雅宜人，经久不散。后来，孙教授被迫将专利权以很低的价钱卖给了一个资本家。资本家并没有投入使用，却把论文锁进了保险柜。

　　孙教授在台湾感到非常苦闷，决心取道美国旧金山，然后回归祖国大陆，可是他的申请被拒绝了。他并不因此灰心，而是寄希望于未来。他决心再研究出一种新香料，为社会主义祖国争光。

　　有一天，夜已经很深了，孙教授还在用酒精灯加热圆底烧瓶中的有机溶液，进行合成香料的试验。由于玻璃仪器质量低劣，那瓶底受热以后突然裂开，有机液体流出遇火猛烈爆炸，只听得轰的一声，孙教授和他的助手孙念都被炸伤，送进了医院。孙华教授的鼻子被炸掉了，儿子的一只耳朵也没有了，听力严重受损。国民党当局认为一个失去了鼻子的香料专家已成为废物。就这样，孙教授和他的儿子到了美国，在友人的帮助下，终于踏上了回到社会主义祖国的旅途，实现了他多年的夙愿……

　　孙教授回国后，立即受到党和国家的亲切关怀，把他送进医院进行治疗。孙华教授非常感激祖国无微不至的照顾，决心重新从事香料科学研究工作，用实际行动来报答党和人民的关怀。

　　一天，科学院党委办公室响起了一阵轻而急促的敲门声，进来一个年轻人。他就是动物研究所的助理研究员小高。他向科学院负责人老雷详细地讲述了要使孙教授重新获得真鼻子，要使孙念重新获得真耳朵的大胆设想。小高的请求，得到了科学院党委的大力支持和热情鼓励。由于进行这项重大的科研工作，还需要化学、医学方面的科研人员的配合，因此孙教授也参加了这项工作，并且作为第一个试验者。

  一年后的一天，我接到孙教授的电话，叫我和老沈一起到科学院去看一个奇迹。我们到了科学院的动物研究所后，看见在一个房间里的病床上躺着一个怪人，头上长着长发，一直挂到腰间，他的胡子一直垂到胸前，两道浓眉变得像两把刷子。最令人奇怪的是脸上已长了一个高高的鼻子。我仔细一看，鼻子尖上还冒着汗珠呢！

  另一张床上，也坐着一个怪人：他的模样像孙念，奇怪的是，居然长出了一只新耳朵！我摸了一下，觉得软绵绵、暖呼呼的，一点也不像是假的。

我和老沈惊呆了。眼前这两个"怪人"，大抵就是刚才电话里所讲的"奇迹"吧！老雷看到我们发愣的样子，笑着说道："怎么，记者同志，不认识孙华教授和他的儿子啦？"后经小高的介绍，我才知道，他们经过一年的研究，已经制成了一种奇妙的蝾蜥剂。他们给孙华教授和孙念注射了这种"蝾蜥剂"后，父子俩的头发就疯长起来。到了昨天，孙教授长出了新鼻子，孙念长出了新耳朵，内耳被震伤的部分也长好了。最令人兴奋的是，孙教授闻到了花儿的香味，孙念竟清晰地听见了乐曲！

这种"蝾蜥剂"竟有如此妙用，究竟是什么原因呢？原来，在山间小溪里常见到的蝾螈，它的生命力非常强。将它的一只脚切去，很快就会再长出新脚来。蜥蜴也同样有这种功能，尾巴掉了，也能再长一根新的。生物体重新长出新器官来的现象叫做再生。

小高说："我们经过反复研究，终于从蝾螈和蜥蜴的身体中，提取出一种'再生刺激素'，命名为'蝾蜥剂'。以后，我们还要做到定向再生，要什么器官再生，就叫什么器官再生，也不再从成千上万只蝾螈、蜥蜴中提取'蝾蜥剂'，而是用化学合成的方法，在工厂里大量生产人造'蝾蜥剂'！"

这时，孙教授手里拿着一束鲜花，意味深长地说："我不仅有了鼻子，而且又重新闻到花香。我又可以从事香料科学的研究工作了。"这时，摄影记者老沈对准孙教授，"咔嚓"抢下了这个镜头。翌日，各报都以头版头条报道了我国研制成功再生刺激素的消息，并以醒目的地位，刊登了我写的长篇通讯——《丢了鼻子以后》。

《丢了鼻子以后》，少年儿童出版社，1979年2月

龙宫探宝

叶永烈

海军核潜艇大队长孙伏海同志被任命为海底研究所的所长。他的任务是领导所里的科技人员，向海底进军，揭开海底的秘密，开发海底丰富的宝藏。

海底研究所成立后的第一仗，就是制造深海潜艇。各种专业的科技人员献计献策，深海潜艇"101"号终于研制成功了。它的全身，是用很厚的能耐高压的锰钢做的。圆形的望孔上，装着明净坚牢的人造水晶板。在尖尖的艇首，装着一对明亮的镝灯，宛如潜艇的一对大眼睛。在灯的下方，装着一对机械手，仿佛是对虾的那对巨螯。在两灯中间偏下的地方，装着水下电视摄像机，好像对虾头上尖尖的虾刺。这艘深海潜艇用原子能作为动力，一次能连续航行半年以上。

由老孙和海底研究所的总工程师老丁驾驶的"101"号深海潜艇，到达了5000多米深的海底。红色的海底，是一片静静的世界。在那里，他们看到了千奇百怪的深海鱼类，还发现了一个个皮球、土豆和篮球似的东西。

经化验，这些"皮球""土豆"和"篮球"，都是非常重要的矿石，其中竟然含有35种化学元素。锰的含量最高，达25%~35%。

锰是什么？刚从冶金学院毕业的小金和小郑为全所同志作了介绍：早在1774年人们就发现了锰，但纯净的金属锰不如钢铁坚牢，又容易生锈，因而一直不被人们重视。直到几十年前，人们才发现，如果不断增加钢中的锰含量，当高达13%时，锰钢就变得既坚硬又富有韧性！从此以后，锰才在工业、交通和军事上获得广泛应用。如用锰钢做经常受磨的机件，铁路交叉处的铁轨、桥梁，大型体育馆的屋架，钢盔、坦克防弹钢板等。

可惜，锰在大自然中既少又分散，而锰矿——锰结核中又含有那么多的锰，于是海底锰矿的研究马上成了海底研究所的第一号课题。

为了调查海底锰矿的蕴藏量，深海潜艇又来到了"水晶宫"。经过勘探，他们发现在深海沟中锰结核十分丰富。经过进一步的调查，查明沟底堆积着1000多米厚的锰结核矿石，仅一条海沟就储藏有1000亿吨锰结核！

但是，怎样在很深的海底开采锰矿呢？海底研究所专门召开了攻关会议，许多专家也闻讯赶来了。会上，小金的建议——在海底开办冶炼厂，引起了强烈的反响。大家七嘴八舌，把这一方案具体化了：冶炼厂的燃料问题，可以通过海底管道引进附近浅海底的天然气来加以解决；燃料燃烧所需的氧气，可以利用压缩空气；多余的氮气和燃烧后产生的二氧化碳，又可以充进钢筒，帮助人们把炼好的金属运到海面；冶炼厂的机器可以用锰结核中含有的原子能燃料——铀来开动。

然而，在这海底冶炼厂里，谁来管理机器呢？会场上突然响起了一个瓮声瓮气的话音："我到海底去工作！"原来，这是电子专家用锰钢做成的机器人。

一切问题都已迎刃而解。世界上第一座深海海底冶炼厂终于建立，并开始投产了。

《丢了鼻子以后》，少年儿童出版社，1979年2月

蚊子的启示

叶永烈

我是一名外科医生，大家喊我"蚊子医生"。这是因为我最近在非常起劲地研究蚊子，还大批大批地养蚊子。蚊子跟外科医生又有什么关系呢？

众所周知，输血对于挽救垂危的病人往往是必不可少的。可是，鲜血却很难保存，它们会很快地凝固起来。几十年前人们才发现，在血液中加入枸橼酸等物质后，可以使鲜血的保存时间延长到一个月左右。但也只能保存一个月，太短暂了！

一个夏夜，我正在进行保存鲜血的研究，一个蚊子向我袭来，我顺手拍了一下，手臂上留下了一团血迹。工作结束后，我才发现那团血迹尚未完全凝固。咦，蚊子吸血时，血液离开了人的血管，怎么不会在蚊子的嘴里、肚子里凝固呢？能不能从蚊子身上寻找一种血液抗凝剂呢？

我走访了昆虫研究所。白发苍苍的陈所长热情地为我介绍了有关蚊子的知识，并给我看了两部电影：蚊子的吸血过程及嘴巴的构造。据陈所长推测，很可能在蚊子的唾液中，含有某种抗凝血的物质，起着防止血液凝固的作用。

要揭开蚊子唾液之谜，必先获得蚊子的唾液，可是，蚊子那么小，唾液自然也就少得可怜；加上蚊子到处乱飞，很难活捉，即使捉住了，又怎能从它小得可怜的嘴巴中吸取唾液呢？为了解决这道难题，攻关小组成立了。大家认为，要获得一定量的蚊子唾液，必须从获得大量的蚊子入手。于是，我们便养起蚊子来了。

然而，取蚊子的唾液，却是一道比养蚊子更难的难题。正当我们感到山穷水尽的时候，小花狗盯着桌上的饭菜，垂涎欲滴的神态，使我猛然想起，何不如法炮制，引诱蚊子流出唾液呢？蚊子嗜血，自然只有用鲜血才能引诱蚊子流出唾液。就这样，我们得到了一小瓶蚊子的唾液——浅黄色的黏稠液体。

　　我们在一小杯鲜血中，放进一丁点儿蚊子的唾液，进行试验。出乎意外的是，第二天早上鲜血凝固了。经过仔细观察，那杯鲜血似乎是从上向下慢慢凝固的。于是我猜想，上层的鲜血与空气接触，会不会跟空气有关系？

　　排除了空气的干扰，我们继续试验，到了第二十天，鲜血又开始凝固了。要延长鲜血抗凝的时间，看来得增加血液中蚊子唾液的

浓度。可是，大量的蚊子唾液从何而来呢？

我们决心用人工的方法制造出蚊子唾液中的血液抗凝剂。有机化学研究所的杨教授等也前来支援我们。他们比较了各种动物和蚊子的唾液，发现在蚊子唾液中有一种与众不同的化合物——血液抗凝剂，即"465"化合物，并弄清了它的分子结构式。

可是，在人工合成"465"化合物时，已经制得的"465"遇热又分解了。温度究竟应控制在多少摄氏度？电子技术研究所的同志，通过蚊子射出的红外线，测出蚊子的体温是28℃，口中的温度是29℃。将反应的温度控制在28℃～29℃时，人工合成"465"便成功了。用"465"溶液作抗凝剂，鲜血的保存期可长达一年。

蚊子吸血的启示，终于结出了硕果。

《丢了鼻子以后》，少年儿童出版社，1979年2月

演出没有推迟

叶永烈

明天，我国红旗歌舞团就要到J国去进行访问演出了。突然，一个紧急通知下达了——访问演出的时间因故推迟。第二天上午，国外的一篇报道方使歌舞团的同志们知道了事情的真相：流感正旋风般地在J国流行。

那天下午，三辆湖绿色的大轿车把歌舞团的全体团员都接到了传染病医院。传染病医院院长兼传染病研究所所长方大夫告诉大家："请你们来，是为了采取预防措施，使你们不会在流感袭来的时候病倒……"

方大夫的话刚说完，团员们就习惯地挽起袖子，等待着注射流感疫苗。见此情景，大夫和护士们都笑了。原来，在听方院长讲话

时，装在室内一角的喷雾器，已经在不断地喷出流感疫苗了。在不知不觉中，他们已吸进了流感疫苗，打上了特殊的预防针。

在观察注射效果的时候，方院长详细介绍了事情的来龙去脉：几天前，外事部门接到了我国驻外机构的急电，报告国外正在发生严重的流行性感冒，请国内赶紧采取预防措施。为此，卫生部门火速召开了会议，责成负责流感疫苗研制工作的传染病医院和传染病研究所，以最快的速度大量制造流感疫苗的母本，用专机送往全国各地，由各地繁殖生产，及时地给全国人民"注射"疫苗；同时送往有关国家，帮助他们制止流感的蔓延。

由于流感病毒狡诈多变，每年翻新花样，这就给预防流感带来很大的困难——必须及时研制并注射新流感的疫苗。但是由于生产一种流感新疫苗一般要半年左右的时间，等研制成功，流感早已过去，成了"马后炮"。方院长他们认为，防止流感危害的关键，在于能否在极短的时间内大量生产出新疫苗。

他们想，为什么流感病毒在几天内，就可以在千万人的身上繁殖呢？研究发现，流感病毒主要是在人的肺部和呼吸道中迅速繁殖的。于是，他们就用柔软的泡沫塑料制成"人造肺脏"，并配制出一种类似呼吸道黏液的培养液，倒在人造肺脏中。在短短的十几小时以至几小时内，人造肺脏内的少量流感病毒便大量繁殖起来。经过一定的处理后，就成了人工制造的流感疫苗。

可是，这次国外发生的新流感是属于什么类型的呢？没有样品作为种子，是无法培育出新疫苗的。恰好昨天子夜时分，一位患流感的病人——到J国去打前站的红旗歌舞团副团长，乘飞机回国了。方院长赶到那里，用蒸馏水冲洗患者的鼻咽部，就此获得了新流感病毒的种子。

三天以后，经检查，歌舞团的全体团员都获得了免疫力。就在这三天中，全国上下，人们也都普遍注射了流感新疫苗。也就在这三天中，我国生产的大批新疫苗已运往J国及其他国家。

又一个紧急通知下达了：歌舞团明天上午启程，到J国访问演出。患病的副团长即将痊愈，他也赶来了。访问虽推迟了三天，但演出并未推迟。因为按原定计划，歌舞团到达J国后先休息三天，进行排练。如今，他们不休息，一到就演出，终于使演出如期进行。

《丢了鼻子以后》，少年儿童出版社，1979年2月

飞檐走壁的秘密

叶永烈

星期天，爸爸要妈妈、妹妹和我到消防队去，说是看一场精彩的消防表演。

刚到那里，就听到一阵阵"呜、呜……"的警报声。瞬时间，一幢15层楼楼房顶上冒起一团浓烟，顿时火光冲天。正在这时候，奇迹出现了：一队手里拿着消防龙头的消防队员，竟然飞檐走壁起来了。他们沿着耸立的墙壁笔直地爬上去。那光秃秃的墙壁，没有任何东西可攀拉，消防队员们却能如履平地，轻松地往上走着，一口气到了楼顶，很快把一场大火扑灭了。

在回家的路上，我和妹妹缠住爸爸，问个不停，要爸爸讲讲消防队员飞檐走壁的秘密。爸爸笑着说："这里也有你们的功劳，到家后慢慢地告诉你们。"

到了家里，爸爸从手提包里取出一双鞋子、一副手套和一个像半导体收音机的小方盒子。鞋底和手套上布满了皱褶。爸爸让我穿上鞋，戴上手套，把小方盒子背在我的身上，并把小方盒子上的开关拨了一下。这时，我也像消防队员一样，能飞檐走壁了。

当我从房顶的天花板上下来后，爸爸告诉我们："这双'走壁

鞋’和这副‘走壁手套’是仿照壁虎的脚做的。但人比壁虎重，光用鞋底和手套上的褶瓣排气，还不能把人吸在墙上，因此，又用了一只微型气泵。”爸爸一边说一边指了指我身上背着的一只小方盒子，“当‘走壁鞋’和‘走壁手套’按在墙上时，吸气泵就同时吸气，吸走鞋底和手套皱褶里的空气，增强吸附力。吸气泵上还有一个开关，人如果站在墙上不移动，把开关拨到左面，吸气泵就一直吸气，使人紧紧地被吸附在墙上；如果要在墙上走动，就把开关拨到右面，吸气泵只是在人的手、脚按在墙上时，才吸气；松开时，就放气，人就行动自如了。”这时，我们才恍然大悟，爸爸让我们养那么多的壁虎，原来就是为了研究“走壁鞋”和“走壁手套”的啊！

《小伙伴活动资料1》，上海教育出版社，1979年3月

奇妙的胶水

叶永烈

下午，我放学回家，刚到家门口，只听见弟弟小强在“哇啦、哇啦”哭。我赶忙进去一看，弟弟的手粘在我的那个万吨轮的模型上，怎么也拉不下来了。我只好陪他到医院里去找医生。一位头发花白的外科医生看了，竟然也束手无策。他只好去打电话，把我爸爸找来。爸爸来到医院一看，从拎包里取出一瓶药水，往弟弟手指上一抹。顿时，就像变魔术一样，弟弟的手马上与模型分开了。

这是怎么一回事？原来，弟弟在玩万吨轮模型时，把船上的烟囱摔坏了。他就找了一瓶胶水，想粘一下。结果一不小心，手上沾了胶水，竟把手指也粘在模型上了。我和弟弟就问爸爸，“这是什么胶水，那么黏？”

爸爸没有回答，领我们到院子里去看大大小小的瓦盆。在瓦盆里养着许多藤壶。爸爸告诉我们说："这种小家伙，经常寄生在船底上，能分泌一种奇妙的胶水，牢牢地粘在船壳上。后来经过分析，弄清楚了它的化学成分，就用化学方法人工合成了这种胶水。这种胶水的用处可大呢，可以粘钢板，粘木头，粘骨头、牙齿……"我这才恍然大悟："原来是这样。"

　　不过，有一件事，我还是弄不明白："爸爸在医院里给弟弟抹的又是什么呢？"

　　爸爸说："那叫'脱胶水'，是能够使胶水分解的药水。这样，粘坏了也不要紧，只要用脱胶水一抹，又可重新用胶水来黏合了。"

这下子我才真的弄明白了。

《世界最高峰上的奇迹》，人民文学出版社，1979年4月

生死未卜

叶永烈

一架从A国起飞的超音速喷气式专机，在我国福建省泉州机场降落。舱门打开后，两名护士推着手推车，把一位年逾古稀的老人从专机里推到机舱门前。当老人看到机场大楼上两个红色大字——"泉州"时，立即闪现出欢乐的目光。可是，前来欢迎老人的亲友们刚刚跑上舷梯，想把老人从手推车上扶下来，老人却停止呼吸，与世长辞了。

第二天，各报都刊登讣告："我国著名核物理学家施宏乐先生，昨日在归国途中不幸逝世。"

这时，千里之外的A国，在那地下200多米的"核俱乐部"总部办公室里，伊氏等人却在饮酒作乐，为他们的胜利干杯。

施宏乐是世界上罕见的、发布过两次讣告的人。施宏乐第一次"死"去是多年以前的事。那时候，施宏乐还是个年轻的核物理学家。他曾留学B国，参加过研制原子弹、氢弹。他从B国回国以后，为祖国的核物理研究作出了杰出的贡献，成为国内屈指可数的著名核物理专家。不久，施宏乐作为中国代表到A国参加核物理研究工作。

在那里，施宏乐结识了A国的工作人员伊氏。出于职业的本能，伊氏把施宏乐当作了他"打猎"的目标。然而，在热爱祖国的施宏乐面前，他的阴谋破产了。就在这时候，施宏乐接到中国政府通知，决定立即回国。

伊氏知道，施宏乐要坐"尖兵"号飞机回国，就叫人在飞机上放好定时炸弹。这时他还妄想把施宏乐拉过来，让他为A国服务，结果遭到了施宏乐的严词拒绝。伊氏通过偷偷安装在施宏乐房中的窃听装置，听到施宏乐改坐火车回国的消息后，就立即决定绑架施宏乐。他们除了劫走施宏乐外，还劫走了施宏乐的所有行李，只将一些无关紧要的东西装在一个小皮箱中，送上了"尖兵"号飞机。

"尖兵"号爆炸了。施宏乐被绑架到A国核俱乐部的地下室里。他任凭敌人威胁利诱，依然忠于自己的祖国，长期被囚禁在那间地下室中。

在漫长的岁月中，祖国一直在怀念着施宏乐。那天，在机场上送行的人，只看见A国的机组人员把施宏乐的箱子扔上飞机，却没有看到施宏乐上飞机。但为了将计就计，迷惑敌人，所以国内各报都刊登了关于施宏乐不幸遇难的"讣告"。

施宏乐在深深的地下室度过了漫长的岁月，终于病倒了。经一再要求，伊氏才同意让他离开"核俱乐部"，住进金星医院的隔离病房。一个偶然的机会，B国的传染病学代表团访问A国。在参观金星医院的时候，代表团的史密特教授遇到了施宏乐。施宏乐从内衣口袋里摸出一张几十年前的照片，送给了史密特教授。第二天，B国各报都在第一版上，发表了施宏乐的照片以及照片背面的施宏乐的亲笔签字，还同时发表了B国记者采访史密特教授后写的报道，标题为《他，没有死》。

B国记者的报道，在世界上引起了很大的震动。中国的报纸在B国报道发表的第二天，也转载了这一报道和照片。随即，中国驻A国的大使照会A国，要求立即交还施宏乐。在国际舆论的压力下，A国不得不同意在三天之内交还施宏乐。

就在交还施宏乐的前一天，伊氏等人又密商了一条毒计：由于施宏乐患病，每天都要打针，他们在最后一针中加入了定时毒剂

"703"。这种毒剂刚打入人体，几乎没有不良反应，一切正常。然而，它像定时炸弹一样，到了规定的时刻，会突然发作，使人昏迷、死亡。于是，就发生了这篇故事开头时所发生的一幕。为了确切证实施宏乐是否真的死去，A国驻中国大使还派人到追悼会上核实。

出乎人们意料之外的是，不久，中国的报纸登载了一篇长篇通讯，题目是：《他是怎样死去的》。这篇通讯详细记述了施宏乐当年被绑架的经过，详尽地描写了沙漠之中的"核俱乐部"，还写了施宏乐住院的情景以及和B国史密特教授的谈话。最后，这篇通讯揭发了伊氏等人给施宏乐注射毒剂的罪行。

这究竟是怎么一回事？A国的"核俱乐部"里成员们互相指责，乱作一团，伊氏等人被送进了地下监狱，他们的上司也被撤职了。

原来，在"讣告"发表以后，施宏乐的同学姜弓教授从北京赶来了。姜弓是在电子计算机研究所从事试制微型电脑工作的。他深入地研究了人脑的生理，发现人类的记忆原理与录音机、录像机的原理差不多。人之所以能记住往事的情景，记住消逝了的声音，是因为在大脑皮层中有许多小小的"录像细胞"和"录音细胞"。当一个人死了以后，如果他的大脑还没有腐烂，那么，那些贮存在大脑录像细胞和录音细胞中的"档案"依然存在。

在许多专家的协助下，姜教授发明了"记忆再现机"。这是一种新型的电子计算机。它通过一系列的附属设备，能够再现人脑记忆下来的影像和声音。姜教授用这种机器记录了施宏乐生前的遭遇和他生前所听到的种种声音，还把施宏乐一生所获得的知识和经验全部整理出来。于是，新闻记者采写了长篇通讯《他是怎样死的》。一个月后，施宏乐著的《核物理学》和《施宏乐全集》也相继出版。

消息传到A国伊氏等人的耳中，他们都惊得目瞪口呆，弄不清楚施宏乐究竟是死是活。半晌，伊氏才挤出一句话："施宏乐，生

死未卜！"

《工人日报》，1979年5月9～11日

怪事连篇

叶永烈

我今天参加郑雷教授的"追悼会"，到了会场一看，横幅上写的却是"告别会"。

郑雷教授的遗体，放在一个镀银的玻璃箱子里，连遗容都看不见。

告别会会场的正中，挂着郑雷教授的遗像，旁边居然还挂着他夫人的照片。要知道，他的夫人还活着，正站在郑雷教授的遗体旁边！

告别会结束后，郑雷教授夫人也被装进一只银光闪闪的玻璃箱子里。两只箱子并不运往火葬场，却重新运回医院太平间！

这一连串的怪事，究竟是怎么回事呢？

我一把拉住郑雷教授告别委员会主持人、医学院陈克教授，这才弄明白那连篇怪事，原来都是一桩桩新鲜的事儿。

郑雷教授患了癌症，是现代医学无法医治的绝症。但是，随着医疗技术的发展，癌症终将变为可治之症。

为了医好郑雷教授的病，陈克教授想出了一条奇特的"缓兵之计"：一般的人病死之后总要进行火葬，而这次对郑雷教授却在他未死之前进行"冷葬"。采用快速冷冻机，把郑雷教授在百分之一秒中迅速冷冻起来，体温骤然间降低到-20℃。然后，把他装在巨大的镀银玻璃箱内，一直保持低温。待人们攻克了癌症这一顽固堡垒后，再从太平间取出郑雷教授，用快速升温机在百分之一秒中迅速地把郑雷的体温从-20℃猛升到37℃。这样，郑雷教授不仅可以复活，而且还可以医好他的癌症。

郑雷教授的夫人虽然很健康，但是她希望当郑雷复活时，依旧陪伴着他。于是，她请陈克教授给予帮助，把她也"冷葬"了。

陈克教授预言："冷葬"将代替火葬，把一切暂时无法医好的病人冷冻起来，有朝一日可以医好他们时，再让他们复活……

《合肥报》，1979年5月30日

鲜花献给谁

叶永烈

50千米自行车环城比赛的终点热闹非凡。令人费解的是夺得第一名的马师傅，却把少先队员献给他的鲜花送给了观众中的李医生，还连连说道："李医生，这鲜花应该献给你，这荣誉应该属于你。"许多观众被这突如其来的举动给弄蒙了。马师傅的鲜花为什么要送给李医生呢？原来这里面有一段动人的故事。

有一天，李医生推着他的"老爷"自行车进修理店修理。车刚修好，忽然听到旁边有人建议他再换一些其他零件。李医生抬头一看，是一位断腿缺手的残疾老人，他本能地走过去和老人攀谈起来。经过自我介绍后，才知道老人姓马，原来是一位自行车运动员，平时还喜欢驾驶摩托车。在一次摩托车越野赛中，他因躲让迎面急驰而来的轿车，不幸摔断双腿和一只手，成了残疾，只好退休在家。身残心红的马师傅并不气馁，成了自行车队的荣誉教练，还兼任附近自行车修理店的义务指导。人们尊敬地称他"马师傅"。马师傅很健谈，当知道和他攀谈的人是一位医生时，就十分感叹地说，要是人也能像换自行车零件那样，把有病的器官换掉，那该有多好啊！马师傅的话给李医生很大的启发。

在医院领导的支持下，由李医生等人组成了器官移植科研组，马师傅也应聘为该研究组的"顾问"。科研开始后，器官的排异反应，使一次又一次的动物试验都失败了。那么，排异反应到底是怎样引起的呢？他们在遗传工程研究所科研人员的帮助下，才知道生物体的"排异"反应是因"遗传密码"不同引起的。同时，遗传工程研究所的同志还给他们送来了能改变生物体遗传密码的药水。

新的动物试验又开始了，改变生物体遗传密码的药水发挥了奇特的作用，使一次又一次的动物试验都获得了成功，甚至还成功地把一只狗的头，整个移植到另一只狗的身上。

万事开头难。动物试验虽然已有十分把握，但第一个进行这种试验的人，却还是要冒很大风险的。马师傅为了器官移植在人身上获得成功，造福人类，不顾个人安危，又成了科研小组的第一个试验者。手术很成功，李医生他们不仅替马师傅接上了双腿和一只手，而且还更换了他有病的心脏。经过这番移花接木的手术后，马师傅成了一位健全的人，又重返自行车运动的行列，并夺得了这次50千米环城赛的冠军。这就是马师傅把鲜花送给李医生的原委。

《福建科技报》，1979年第25～28期

"大马"和"小马虎"

叶永烈

"大马"和"小马虎"是兄弟俩，大马是哥哥，小马虎是弟弟。其实，他们并不姓"马"，只因为弟弟办事有点太马虎，别人就给他送了个"小马虎"的外号，并且连带给他哥哥也取了个"大马"的外号。

有一天，大马带着一包理发工具回家，给小马虎看到了，闹着

要给哥哥理发。开始，小马虎给哥哥理发十分认真，推呀，剪呀，没想到后来竟惹出一场祸。大马在理发的时候，从书包里拿了本连环画来看。正在给哥哥理发的小马虎，也给连环画迷住了。他一眼盯着连环画，一手拿着剪刀给大马剪头发。谁知只听"咔嚓"一声，竟把大马右边的耳朵整只剪了下来。

顿时，小马虎慌了手脚，大喊："来人哟！"隔壁的大婶听到喊声，赶紧跑进来，用纱布给大马包好伤口，叫了辆救护车，送到了市人民医院。

在医院里，外科主任杨大夫给大马打了一针麻醉针，后来又在屁股上打了一针。

过了一夜，大马发觉自己简直成了一个"怪人"，头发老长，像个女孩子；手指甲、脚指甲都有铅笔那么长；眼睫毛、鼻毛都有毛笔的毛那么长，而且小时候切萝卜不小心切去了一截的左手小指头，居然也长得和原先一样了。

这时，杨大夫来了。大马就问杨大夫，"这究竟是怎么一回事？"

杨大夫说："昨天除了给你打了一针麻醉针外，还给你打了一针'蝾蜥剂'。"

"'蝾蜥剂'，多新奇的名字！"大马还是第一次听到。

杨大夫告诉大马说："'蝾蜥剂'是最近搞成的一种再生刺激剂，是从蝾螈和蜥蜴身上提取出来的。"

杨大夫接着说："旧的器官坏了，生物体会重新长出新的器官，这种现象叫做'再生'。不光是一些动物有再生能力，人也有再生能力。人们发现，把人的肝脏切掉一部分后，会重新长大到原来一样。只不过动物的再生能力比人强。现在从动物身上发现一种再生刺激剂，能促进器官再生，一些失去了手臂、脚的人，都可以用这种办法，从残疾变成不残疾。"

杨大夫对小马虎说："蝾蜥剂'不光能使大马长出一只新耳朵，而且也可以治好你的'马虎病'，因为'蝾蜥剂'可以刺激大脑，使它变得健全。"

这真是医学上的一场革命。

《飞向冥王星的人》，广东人民出版社，1979年6月

欲擒故纵

叶永烈

农历除夕夜晚，大雪飞舞。坚守岗位的边防哨战士，通过红外电视机，发现了一个妄图潜入我国境线的特务和一个妄图越出国境线的特务。边防哨所所长孙英专门向徐军长作了请示。徐军长的命令是出乎意外的：入境者纵其入境，越境者纵其出境。

次日早晨，孙英他们来到了现场，用激光自动照相机照出了已被积雪掩盖了的脚印。令人奇怪的是：入境者和越境者的脚印形状竟是一样的，但入境者的脚印较浅，而且是前深后浅；越境者的脚印较深，脚印是水平的。看来，这里大有文章。

徐军长来到了边防哨所，给战士们介绍了敌人的行动计划：这个计划是去年秋天暴露的。国庆节的白天，一位战士无意间发现空中有一只猫头鹰模样的鸟在盘旋。再仔细一看，那猫头鹰飞得很快，但翅膀却几乎不动。经请示后，他用电子手枪将猫头鹰一举击落。原来这是一只电子猫头鹰，肚子里全是电子仪器。经仔细检查，这只奇怪的电子鸟的腹部装有一架微型照相机，微型胶卷上拍摄的是我国国防重要基地。目标暴露后，放飞这只电子鸟的特务心惊肉跳地向他的主子乞求：尽快让他离开中国。于是，另外一个特务便来接替他的工作。

至此，孙英他们对情况的来龙去脉更清楚了。他们假设：入境者是个女特务，因为她的脚印比较浅，估计体重不超过50千克。脚印前深后浅，说明她在雪地里走路，相当吃力。

话说女特务入境后，为了摆脱跟踪，兜了一个大圈子，从黑龙江途经上海，一直到了广州，又从广州乘火车北上。在火车上，她确信已摆脱"尾巴"跟踪，于是就跟坐在对面的一对新婚夫妇交谈起来。他俩的手腕上，都戴着式样、大小一样的松花江牌手表。这对新婚夫妇在哈尔滨下车后，女特务的对面来了个林业工人模样的中年男人，他的手腕上也戴着一块松花江牌手表。

到达目的地后，女特务顺利地和潜伏在那里的特务接上了头。正当他们在一起"共商大计"的时候，我边防战士和公安人员的枪口对准了他们。边防部队用查获的微型无线电台和密码，向敌人指挥部发出了"货已到手"的密电。当晚，就有特务偷越国境，前来取货，也被当场活捉。至此，这伙特务被一网打尽了。

边防军之所以能欲擒故纵一网打尽敌人，是借助于一种现代化的跟踪技术。这项新技术的发明，是从警犬那里得到启示的。警犬的鼻子非常灵敏，能闻出逃犯的气味，跟踪追击。科研人员模仿狗鼻子，制成了"电子鼻"。在电子鼻中，装有特殊的"嗅敏半导体"，能像嗅觉细胞一样，灵敏地分辨出某种特殊气味的气体。

有的电子鼻装在小巧的电子蜂中在空中飞翔，沿着散发出特殊气味的方向跟踪追击，同时发出无线电波，向边防军报告敌人的踪迹；有的可以装在火车站、车厢、旅馆、剧场、大街、公园里，也可以装在墙壁、窗口、天花板、电线杆以及树上，一旦空气中飘来需要追踪的那种气味，它们立即用无线电波发出紧急讯号。

女特务在火车上遇见的三位乘客，实际上都是公安人员。在公安人员的松花江牌手表里，都装有电子鼻。

怎样才能知道被追踪对象的特殊气味呢？原来，科研人员在搜索越境的现场时，已用吸气机取到了女特务发出的气味的"样品"。把气味样品送入电子计算机，它的特征马上被分析出来。用无线电波把这一特征告诉安装在各处的电子鼻后，于是从南到北，成千上万只电子鼻都开始追踪和监视女特务了。她的一举一动全在我边防军和公安部门的掌握之中。等待着女特务和她的同伙们的，就必然是"全军覆灭"的命运了。

《飞向冥王星的人》，广东人民出版社，1979年6月

飞向冥王星的人

叶永烈　　温汗京

在珠穆朗玛峰的雪坡上，藏族登山运动员仁措用激光电视探测仪，在10米深的雪层下发现了一具尸体。登山队的徐冰和仁措的父亲格桑大夫闻讯赶来。从破烂不堪的衣服上来看，死者显然是一个旧西藏的农奴。令人惊异的是：死者脸色红润，皮肤富有弹性，关节可以活动，仿佛活人一般。电子自动诊断仪诊断结果，他不仅大脑组织和神经细胞正常，心、肺、肝、脾、胃、肠、肾和血管也很正常。

这究竟是怎么一回事呢？拉萨医院院长丁杰认为："冻死者的体温一般是慢慢下降的，当降到零摄氏度以下时，由于细胞里的水凝结成冰，体积膨胀，把一个个细胞膜都胀破了。"仁措说："死者的肌体富有弹性，这说明体内的细胞没有胀裂，仍然完好无损。我估计，这个人可能是在那里突然遇上凛冽的寒风，一下子就把他冻死了。体温在一刹那间就骤然降到零下几十摄氏度，细胞中的水还来不及膨胀就结成了冰。"据此，格桑大夫提出了一个大胆的设想——复活冻死者。

与此同时，徐冰的丈夫、中国宇宙航行研究所所长盛星，正在为后年"宇航节"那天发射一艘飞向冥王星的大型载人宇宙飞船而绞尽脑汁。因为经电子计算机反复计算，即便是用目前最快的飞行速度——16.3千米每秒钟，飞到遥远的冥王星也要45年149天。就算飞船一到冥王星便立即返航，来回也要90年298天。假如在飞船上放

一个刚刚出生的婴儿，当他返回地球时，也快91岁了！徐冰从罕见的冻死者得到启发，提出把宇航员冰冻起来，让生命暂时凝固，到需要复苏时才解冻的设想。

按原定计划，那具奇异的尸体被装入一只特制的箱子，由直升机运到了拉萨医院。在手术室里，经过输氧和升温，以及心脏起搏器和人工呼吸器的作用，死者的脸色渐渐泛红，眼睛也睁了开来。

复活者名叫吉布。他在病床上望着正在旁边守护的护士长、格桑的女儿卓玛，想起了他的妻子珠玛。"珠玛！珠玛……"他喃喃地呼唤着。为了给吉布解闷，卓玛用藏语唱起了《蓝天上亮晶晶的星星》。吉布被歌声打动，陷入深深的回忆，泪水挂满两腮。突然，吉布问卓玛："这首歌是谁教的？"卓玛告诉他："是我的奶奶，她也叫珠玛。""啊！"吉布呆住了。

原来，吉布是在皮鞭下长大，在苦难中挣扎的农奴。他的父亲在农奴主的残酷迫害下死去，吉布则被关进了阴暗、潮湿的地牢。一天夜晚，他的老丈人潜入地牢，救出了吉布。逃出虎口后，吉布连夜摸回破屋里，叫醒了睡梦中的珠玛，悄悄逃出了拉萨。农奴主派人追来。吉布挥拳和围上来的几个恶徒搏斗，拼命保护着已经怀孕的珠玛。在搏斗中，吉布因体力不支，被恶徒一拳击倒，滚下了山涧，珠玛的左手臂被砍伤了。吉布从昏迷中醒来，赤脚在茫茫雪山上艰难跋涉。骤然间，一场罕见的狂风暴雪铺天盖地而来，吉布被风暴刮到一个雪坑里，漫天大雪顿时就把雪坑填平了。

听说中国宇宙航行研究所已决定选拔一批宇宙飞行员到宇航中心接受特殊训练，准备实行飞向冥王星的计划，吉布兴奋极了。他请人代写了一份决心书给盛星。决心书上写道："请批准我作为第一批飞向冥王星的宇宙飞行员吧。我已经有了一次死而复活的经历，说明我的身体完全能够经受得住严寒低温的考验。是祖国、是共产党给了我第二次生命。我愿意献给祖国的宇宙航行事业。"丁杰、格桑、徐冰等人都被吉布的决心书感动了。从此，吉布、仁措和其他两位同志，开始了艰苦的宇航训练。

休假时，吉布应邀到格桑家作客。卓玛的奶奶端着一托盘奶茶和蛋糕从厨房里出来。她认出了眼前的客人就是吉布。吉布轻轻接过珠玛伸过来的双手，然后捧起她的左臂，捋起袖子，臂膀上赫然出现了一道长长的刀疤。他简直不能自制："珠玛！我的珠玛！我是吉布，我是吉布啊！"吉布和珠玛紧紧地拥抱，格桑大夫禁不住热泪盈眶，卓玛和仁措几乎同时叫喊着："奶奶！"珠玛今年已经85岁，她在27岁那年，吉布被埋入雪坑，58年后的今天，吉布终于回到了自己的家。

吉布和仁措等人作为我国第一批飞向冥王星的宇宙飞行员，登上了宇宙飞船。飞船离开了地球，拖着蓝色闪光的尾巴，飞翔在茫茫宇宙之中。此时，珠玛准备到生命冷藏库去冷冻起来，待90年后吉布从冥王星返回地球时再复活，前去迎接自己的亲人。

《科学神话》第一集，1979年8月
★叶永烈原著发表于1978年11月23日《中国青年报》

神秘衣

叶永烈

在热带的一个岛国里，接二连三地发生了好几起大盗窃案。最后连中心银行也被盗了。

一次，丢失了东西的杨林生教授路过中心银行大楼，细心地在墙壁上观察起来。突然，他失声惊叫："对！就是他！"

杨教授说的是一个叫刘敏的年轻人。那是三个月前的事。国际第32届热带野生动物考察报告会正在这里举行。杨教授在会上结合他亲自摄制的一部纪录影片的放映，作了一次别开生面的报告。杨教授对各种珍奇动物的描述和电影镜头摄制得如此细致逼真，是令人难以想象的。这些野生动物考察史上空前丰硕的成果是怎样取得的呢？人们传说他有件奇特的隐身衣。

就在杨教授作完报告的第三天晚上，他被绑架了，皮包也被劫走了。获救后，他报了案。次日傍晚，一个叫刘敏的警官把皮包送还给了杨教授。从此，刘敏便成了杨家的常客。

秋季到了，杨教授正准备到森林里去进行新的考察，不料他的夫人兼助手郑洁病了。刘敏毛遂自荐，愿意陪同杨教授前往。杨教授在叮嘱他严守秘密以后，便请夫人打开保险柜，取出两套变色衣。这衣服在柜里呈墨绿色，一放到桌上，马上变成了米黄色，与桌面的颜色一模一样。

杨教授告诉刘敏：他发现变色龙之所以能迅速变色，是因为在它那极细的鳞片下面的真皮中，有红、黄、蓝三种色素细胞。于是，便养了许多变色龙，从中提取这三种变色素，制成了变色衣。

穿上了神奇的变色衣后，刘敏得意极了，杨教授却上当了。原来，这一切都是当地的一个大盗窃集团策划的。他们听说杨教授有一件神秘的衣服，认为这件宝贝对他们搞盗窃活动极为有用，便设计半路截车，从皮包里劫取变色衣。哪知打开皮包一看，里面只是些"废纸"。于是便派这个诈骗老手，化装成警察，化名刘敏，伪称破案还包，骗取信任，千方百计地探求这件宝物。

第二天，杨教授和刘敏就出发了。在考察过程中，刘敏发现这套奇妙的衣服不仅会变色，而且可以用来爬树。这也是杨教授从变色龙那里得到的启示：变色龙之所以能在墙壁上、天花板上行走自如，是因为脚上有锋利的钩爪，爪间的皮膜上有吸盘；模仿这些结构，杨教授制成了奇妙的"攀行手套"和"攀行鞋"。

一天早上，刘敏不见了，那两件珍贵的衣服也不翼而飞了。如今，杨教授在中心银行的大楼墙上，发现了钩爪划过的痕迹；在附近又捡到了两片变色鳞片——显然，最近的盗窃案都是刘敏一伙用神秘衣干的。

为了找回神秘衣，杨教授和郑洁天天在外面转。一次，他们走到一个可疑的大宅院前。门开了，从里面走出刘敏，随后几个彪形大汉就把教授夫妇推进了大门。这时，神秘衣的攀行手套和攀行鞋都已损坏，刘敏一定要杨教授进行修理。杨教授急中生智，开了一张损坏元件的单子，让刘敏去购买。刘敏一转身，穿着变色衣的郑洁已爬到窗口外。等到刘敏发觉，转身扑去时，郑洁的衣服上展开了两只很大的翅膀，凌空飞去。原来，这套衣服除了变色、攀附外，还能用于飞翔，这是刘敏所不知道的。正当刘敏追赶郑洁的当儿，杨教授也熟练地穿好了神秘衣，从窗口凌空飞走了。

《儿童文学》，1979年8月号

雨林象影

应 其

一艘双艇身的巨型飞艇，飞抵亚热带沟谷雨林。在林中草地上显出T字标志，这是我降落的地点。我带着伞翼离艇飞向T字标。到地面不见接我的伙伴老沈和小高，仔细一看，那字标却是火红的杜鹃花组成的。夜色降临，我只得翻出尼龙吊床和蚊帐，睡在林中。

黎明醒来时，我大吃一惊，30多头大象聚在我降落的空地上。我这次正是为协助考察大象的老沈和小高拍摄科教片而来，于是便提起摄影机对准象群，原来有一雌象正在产仔，所有的象都关心着它。这时一条毒蛇向我爬来，我一惊，摄影机掉到草地上，顿时几只大象向我冲来。在这紧急关头，一对肤色浅灰的大象跑了过来，向它们传达头象的命令，进攻的象撤退了。

象群开始迁徙。头象老态龙钟，步履艰难，由两头年轻的象扶持着行进。我连忙收拾物品，跟踪前进，一路上拍了不少精彩镜头，观察到这象群是个和睦的大家庭。晚上入睡时，发现那对浅灰色大象守在旁边，雄的额上几片白斑，我叫它"雪花"；雌的两耳皆白，叫它"银耳"。这一对象彻夜不眠，使人奇怪。

第二天黎明，头象在象群中走了一圈，在每头象前稍停一会，最后毅然向森林深处走去，象群却留在原地。原来这是一场葬礼。

我顺着老象的脚印跟踪，半小时后就失去线索，在灌木中无法前进。忽然雪花和银耳赶到，驮我前进。我在象背上发现"Z. D. 3"烙印，才知道它们是珍贵动物研究所饲养的，我可以放心地依靠它们去追踪老象的归宿地。

走了一天，我来到一个巨大的古堡废墟，残墙之间堆满大象残骸。那头老象艰难地跨过残骸，一步一步向前移去。这时空中传来凄厉叫声，一群犀鸟扑向老象，顷刻之间把老象吃空。这时它们发现雪花和银耳，立刻向我们扑来。正在危急之际，传来枪声，一束光把犀鸟群击散。两个人从墙后跑来，正是老沈和小高。经他们介绍，才知雪花和银耳是他们派来寻找我的机器象。

《科学文艺》，1979年第3期

太空归帆

应　其

在浩瀚的空间漂泊了近四年的失踪者"无畏"号飞船，突然出现在荧光屏上。自动电传打字机的键盘飞快地跳动着，一行行拼音电文像泉水一般涌出。值班员陈露向院长报告："于飞来电，'无

畏'号在返回地球的轨道上……"

沈院长命令陈露立即回电："欢迎你们归来，在一号海域降落。"然后，老院长对准话筒："总调度员，发布回收命令。全部舰艇、飞机一级准备。全部备用电台开机，加强选频联系。"

事情发生在两年半以前，"无畏"号正在广阔无垠的银河系中飞驶时，由于无线电系统发生故障，中断了和地球的联系。船长于飞和机械师吴强，虽然经过半年的努力，也不得不放弃了修复无线电系统的想法。飞船按照预先编制的程序，由电子计算机操纵继续前进。

事情完全是偶然发生的。当吴强在机舱内进行巡回检查，走到生物舱去收获午餐用的青菜时，一抬头，看见左窗舷外突然出现一颗耀眼的新星，距离很近，明亮的轨迹历历在目。机械师不顾一切地跑向驾驶舱。只见于飞也失去了往日的镇静，全神贯注地操纵着飞船，向新星靠拢。这时，俩人都逐渐看清，对方是一个形状特殊的车轮状飞行物，从其规模和结构来说，都不像飞船，而是一座完整的空间城。

经过一番紧张的操纵，"无畏"号停靠在空间城的一个入口处。他们两人携带着急用箱，踏上了陌生的人造星球——"银岛"号。

空间城内一片死寂。他们首先到达的是农业区。这里杂草丛生，无人管理。他们穿过一条通道，来到轴心部分，顺着螺旋形的楼梯而上，这里是全城的最高点。俩人打开宇航盔上的照明灯，开始在舱内搜索，一排控制台和仪表、信号装置，显得相当精美，可惜没有一台在工作。

于飞审视着全部仪表，和吴强简短地交换着意见。一种强烈的欲望驱使他按下一只绿色的大按钮。就在这一瞬间，整个驾驶舱仿佛被一种巨大的力量所推动，接着传来了发动机的轰鸣声。舱内的照明灯大放光明，各种仪表指针开始跳动，顿时死城复苏。

当他们两人的眼睛刚对明亮的光线习惯过来时，才发现靠近角落，一前一后地躺着两位宇航员，似乎都处于熟睡之中，无论怎样摇晃，也不醒来。他们为两位遇难的同行脱去宇航服，才看清对方的面容，竟是一男一女。男的面庞宽阔，额骨略为突起，须发蓬松而卷曲，皮肤近于红褐色。女的皮肤细嫩而白皙。

吴强迅速地把注射器插向两个失去知觉的异星宇航员。几分钟后，他们睁开眼睛，用一种惊讶的神态打量着地球人。

高大的男异星人站立起来，弯身曲臂行礼，充满友善的表情。娇小的女异星人笑容满面，嗓音清脆动听。他们都是里拉人。

于飞和吴强一时不知如何是好，互相打量了一眼，对于是否能打破语言障碍，全无把握。

"你们好，异星人，我们来自地球……"

女异星人走向前来，拉住吴强的双手，又指指自己介绍说："爱丽斯。"男异星人也自我介绍说："萨尔。"这种最简单、最友好的介绍方式，立刻被双方所接受。

空间城恢复正常秩序以后，于飞和吴强在"银岛号"的中心电脑室内度过了三个月的时间，学习里拉语言和文字。他们读到了里拉学者和科学家们无数的著作。

萨尔和爱丽斯具有惊人的语言天分，他们的中国话已经讲得十分流利。

这些日子以来，围绕着"银岛"号和"无畏"号的去向问题，引起了多次争论。他们无法决定航向的一个原因，是爱丽斯毅然决定乘"无畏"号飞船同返地球。而萨尔却极力反对，骂爱丽斯背弃了老萨尔的遗志。爱丽斯不同意萨尔的看法，认为"银岛"号一直漂泊在一条错误的航线上。"别看他们和我们一样只有两个人，但他们身后有10亿人，而我们漂泊了两代人，还没有走完一半航程。我们的错误是离开了人民，而他们的远航是为了人民。"最后，爱丽斯终于说服了萨尔。

萨尔对于飞说："我是一个没有祖国的流浪者，我没有和任何人类社会打过交道，然而我看到你和你的机械师之间相处得却是那样融洽。你们的国土真是理想之邦，我祝贺你们早日回到祖国。"

"无畏"号飞船终于解开了连接在"银岛"号上的接合栓，掉头向东。它的上侧加挂了一艘小小的拖船，里面装满了里拉的文化科学宝藏。飞船在广阔的宇宙中疾驶，远方漆黑的太空出现了一个红色的大球。

啊，太阳系在望，只剩下最后一个多星期的航程了。这时飞船

突然抛出了白色的篷帆，像一束白色的鲜花拖在身后，捕捉光能，利用光压飞返地球母亲的怀抱。

《科学神话》第一集，1979年8月

没有心脏的人

应文辉　　陈杰军

　　我随科学考察团到北美、西欧和北欧各国考察了一个多月，马上就要离开这次行程的最后一站——日内瓦了。就在我启程回国的时候，大使馆的秘书打来了电话，要我留下来，明天上午去接待一个国内来的医学代表团。

　　第二天上午九点钟，一架超音速飞机降落在停机坪上。"王所长！"一个熟悉的声音传来，我睁大双眼，盯住从舷梯上下来的人流——一个熟悉的身影，我的外甥强子在向我招手。他不是在我出国那天上午，因一束20万伏电子流穿过心脏而死去了吗？我赶紧揉了揉眼睛，定睛细看，果真是他。强子下了舷梯，向我走来，我紧紧地抱住他，喃喃地说："强子，我们没有永别吧……""是啊！舅舅，我死了之后，医学院的方教授又把我救活了。"这时，我才注意到强子身旁的一位银鬓白发的学者。他就是方教授。

　　我们乘汽车到了住处后，方教授让我们看了一部名叫《起死回生术》的电影。电影一开始，一辆救护车开进鹿城第一医学院。在一间宽敞明亮的手术室里，排列着五架自动控制台，上面布满了开关、仪表和荧光屏。五名助手分坐在五架自动控制台前，方教授站在中央控制台旁。这时，自动手术车将强子送进手术室，他的心脏虽已停跳三个小时，但由于已及时将他的尸体用M−3衍生离子照射过，所以死者体内还存在着大量未丧失生命的细胞，目前只是处于窒息状态。蕴

藏在这些细胞中的生命火焰，完全有可能重新点燃起来。

　　"开始！"方教授发出了短促的命令。从屋顶上徐徐降下一只庞大的透明水晶玻璃箱，把强子的身体和一位大眼睛的护士一起罩在里面。开关响过，只过了5分钟，玻璃箱内的压力就下降到4000毫巴，温度降到-200℃。超真空使强子脑细胞中的二氧化碳被排出体外，仪表上显示出脑细胞中的二氧化碳浓度从95%、91%、83%、70%……一直降到0%。"透射M－3营养因子！"方教授又给大眼睛护士下达了命令。细胞在M－3营养因子的诱发下，不断地从体内吸取养分，又不断地产生废物，细胞的新陈代谢重新开始了。

但是，强子仍然一动不动地躺着。"加强脑部刺激！"方教授的话音刚落，只见护士的两只大眼睛，射出两道绿光，从强子的前额直穿而进，脑电流恢复了，瘫痪的"司令部"又开始了紧张的工作。现在，他除了心脏以外，全身所有的细胞都已恢复了活力，强子从死亡转入了"休眠"。"实施T—W方案，开始心脏手术。"方教授又下了一道命令。

不知什么原因，放映机停了下来。坐在旁边的方教授连忙对我说："对不起，下半部电影片在贝贝那里。""贝贝？"我不解地问道。"就是那个大眼睛护士，它是个机器人啊！强子的心脏手术是在-200℃低温下进行的，只有它才吃得消。贝贝只花了五分钟，就把强子胸膛里的血管和手术车上的体外循环器接好了。又过了5秒钟，玻璃箱内又恢复了常压、常温，强子的苍白面孔慢慢开始红润起来，很快就苏醒过来了。"

"强子，现在你的心脏没有问题了吧！"我关心地问外甥。谁知强子回答说："舅舅，我这里边已经没有心脏啦！"接着，他又把左手腕伸到我眼前晃了晃，笑着说："喏，这就是我的心脏——体外人工心脏。"我一看，它跟电子表差不多，不同的是形状像一只鸡心桃子，表面有一层鼓鼓的塑料薄膜，还可以看到在一舒一张、有节奏地跳动着呢！

方教授告诉我："T—W就是电子心脏的意思，这个电子心脏的寿命起码有100年，万一坏了还可以换，因此不用担心。"

强子说："这次来这里就是参加国际医学年会，在会上我们要向全世界介绍这一医学上的奇迹，为全人类造福。"

《西湖》，1979年10～11月号

神秘的信号

尤 异

在美国芝加哥一座豪华的剧院里，一场关于角斗的纪录影片正在放映。

一年前，在意大利山区的一个长年冻土层中，冰川工作者发现了一具2200多年前的古罗马角斗士的尸体。令人惊讶的是，死者的脑细胞竟没有完全坏死。科学家用高频振荡电流，使死者大脑中掌管记忆的颞叶部分的生物电流重新活跃起来，借以窥视2200多年前的情景，并用激光拍成了全息电影。它记录了终止这个生命的最后一次角斗。这就是这部纪录影片的由来。

角斗进入了极为紧张的时刻，突然传来了一阵断续而急促的呼号："警报！警报！……地球……战争……"随即便是火箭发动机的一片吼叫。观众顿时乱作一团，几百人因此而伤亡。在同一时刻，全世界几乎所有接收这场角斗节目的剧场，都收到了那个战争的警报，并引起了混乱和骚动。

这场惨剧究竟是如何造成的呢？电子学教授李维认为，这个神秘的警报信号绝不可能是从地面上发出来的，而是来自地球以外的空间。经他推算，该信号目前正远离地球向金星方向移动。

为了探寻这个神秘的信号，航天工程学院电子学系学生向明和三位同学，组成了航天探险队，由向明任队长，李维教授的女儿李放雷任指导员兼医生。7月27日，探险队乘坐"探险者"号航天飞机启程了。

航天飞机来到了一座巨大的人造空间城市。在那里的博物馆里，向明发现了一本奇怪的日记，这是三年前有人在月球上捡到的。可是，日记上满是阿拉伯数字，于是记载的内容便成了不解之谜！

航天飞机的下一个目标是月球。在月球上，向明和李放雷等遇到了刚获得实验成功的李维教授。向明将这本奇怪的日记递给他看。日记上一颗小小的连笔五星，勾起了教授对往事的回忆：那是10年前的事，教授和他的助教在火星上考察。在那里，他们搭救了一个外国人。那个外国人掏出一个小本和笔，握着教授的手，画了一颗小小的连笔五星。

向明由此得到启发，日记上的阿拉伯数字莫不是字母的代号？他们终于将日记翻译出来了。从日记中他们得知：某国曾在月球上设立了一个秘密工厂，后来这个工厂拆迁了；日记的主人将乘航天飞机飞往三号空区——著名的"魔鬼风暴区"；接上级的命令，个人的任何物品都不准带上航天飞机，于是这本日记便被遗留在月球上。

为了寻找这个神秘的区域和神秘的信号之间的内在联系，探险队决定到魔鬼区去考察一番。"探险者"号进入了三号空区，突然，航天飞机上的荧光屏猛烈地闪亮了一下：充当前导的一艘无人驾驶的小飞艇炸毁了。紧接着，荧光屏上出现了三个斑点。原来，这是三颗卫星拦击器。向明等人在用激光炮和金属云消灭了它们之后，便按预定方案向金星方向飞去。

在途中，"探险者"号发现了遇难的航天飞机，并从中救出了两个外国人。他们是奉上级的命令，前往金星找寻和消灭神秘的信号的。

最后，探险队终于找到了神秘的信号，这是一艘引渡快艇发出的。出乎意料的是，这艘快艇的驾驶舱中，竟坐着一位已经死去很久的航天员。他不是别人，就是这本奇怪的日记的主人。录音磁带上忠实地记录了这位死者的遗言：在三号区域中，屡次制造骇人听闻事故的魔鬼，是一座表面涂上了吸收电磁波保护层的空间城市。这座罪恶的城市拥有卫星和卫星拦击器，还备有大量的核武器、激光武器和粒子武器。还有三天，这些武器的发射场就全部安装完毕了。到那时，他们将向地球开火，除本国外，其他地方顷刻间将变成一片火海。我不能眼睁睁地看着地球被毁灭，于是便从机器人的手中夺取了快艇。快艇在飞到魔鬼区边缘时，突然，所有的仪器全部失灵了，我在太空中迷航了。飞着，飞着，我竟成了太阳的一颗行星！现在我唯一能做的，就是使无线电发射机不间断地发出警报。我深信，总有一天，快艇会绕到接近地球的位置上，那时，地球上的人类将收到这个信号……

真相已经大白了。原来，探险队所寻找的"神秘的信号"，竟包含着这样一个壮烈英雄的故事！

《新苑》，1979年第1期

未来畅想曲

尤 异

公元2000年元旦的早晨，滨海市青年医生柏萌接到女友——首都歌舞剧院演员蓝茵的信。信中对他的求爱避而不答，却约他到她正在演出的拉萨会面。

柏萌想赶上即将开往拉萨的火车，不意匆忙中上错了车次，开到海底去了。他在候车时，参观了巨大的海下实验场。后来，他提前乘实验场的潜水船回到陆地，改乘火车去银川，想从那里再转乘飞机去拉萨。

在车中，柏萌结识了银川化工厂的材料员王烈，知道遗传工程的方法已用于生产。作为医生的他，很想看看怎样用大肠杆菌生产出胰岛素。下车后离飞机起飞还有3个小时，他就接受了王烈的邀请，去银川化工厂参观。

这是座像花园般美丽的工厂，因为没有"三废"，烟囱也不用了。更奇怪的是竟看不到管道，原来它们都铺设在地下。柏萌参观了激光化学车间、高分子合成车间、化学仿生学车间和遗传工程车间，觉得真是旅途中的意外收获。他一看手表已是12时40分，离起飞只有两小时，连忙辞别了主人，赶往机场。

到了机场吃过午饭，才13时10分，柏萌就到附近一个公园消磨时间。他为了抢救翻船落水的男孩，又耽误了乘飞机的时间。在男孩祖父的挽留下，柏萌到他家做客。

老人住在矿工区，这里生产的煤早就不作燃料而全部成了化工原料，所以这里的房子以及房间内的一切设备和用品，都是塑料做的。晚上，柏萌参加了矿区青年元旦联欢会。大家欢迎他唱家乡山歌，他一时忘了歌词，幸好矿区中心控制室的电子计算机储存了1000万册书籍的信息，很快帮他查到歌词，才使他的演唱得以成功。

在掌声中他悄悄地离开会场，不料却在街心花园中遇到了阔别八年的同学王刚。王刚是个勇敢的科学工作者，为了试验太阳能制氢负过伤，现在终于取得了成功。柏萌别过王刚，顺利地乘上20点起飞的飞机。

这架飞机不是普通客机，而是洲际飞艇迎送客人的小飞机。飞艇组由两艘飞艇和10个气囊组成，看起来真像空中列车。柏萌在艇上遇到出国参加国际消防工程学术会议的代表团，看了他们的录像：卫星报警、机器人救火的情景。他深为我国创造了森林救火新技术而感到自豪。

飞艇终于来到拉萨上空。柏萌仍坐小飞机降落到机场。这时已是元旦晚上8点45分了，于是，他就在机场宾馆过夜。

次日清晨，柏萌从报上看到首都歌舞剧院上午在十月剧院演出。他赶到剧场却没有见到蓝茵。接待他的是一个自称是蓝茵的弟弟的小伙子，原来那是调皮的蓝茵化装的。"他"叫柏萌先去买菜，然后到宿舍里来。在菜场里，柏萌看到许多奇妙的食物，都是西藏农业科学院培养的新品种。柏萌买好了菜正要回去，又遇上了在全国青年联合会组织召开的会议上认识的巴桑和他的爱人央金，邀请他上他们家去看这对年轻夫妇的一项业余发明。巴桑夫妇都是电子工程师，后来巴桑成了作家。他们夫妻合作发明了一台电子仪器，想通过仪器把头脑中的构思直接打成文字，减少创作中的劳动。谁知机器打出的文字杂乱无章，只能直接反映头脑中想到的东西，而不能组织成有条理的文章。出于职业的敏感，柏萌想到它可以用来诊断精神病，还可以记录梦境。巴桑听了十分高兴，表示要把仪器送给医学科学院。柏萌一看已经11点钟，赶紧告别巴桑回到歌舞剧院住的宿舍。

女扮男装的蓝茵和柏萌吃过自己动手做的丰盛午餐，一起到农业科学院江边的小岛去玩。他们走迷了路，进入了迷宫般的3000亩麦地。只见一台机器在农田中慢慢开来。蓝茵上前大声问路，机器只管朝前开，不予理睬。这种无礼行为激怒了蓝茵，她向前走去，机器在离她一米处停了下来。这时空中飞来了直升机，原来是机器向场部报警把它招来的。直升机上的农场工人向他们说明这机器是无人驾驶的，在田中施小麦根瘤菌肥，这也是遗传工程的新成果。

他们来到小岛后，一场人造大雨使蓝茵暴露了真面貌。一对恋人正沉浸于幸福之中，突然，空中又飞来直升机，歌舞剧院院长来通知：他们已被选为先进青年代表，代表大会在我国第一个宇宙城——张衡城召开。

《未来畅想曲》，上海人民出版社，1979年10月

未来建筑参观记

余安东

"幻想"号飞船载着边塞小学建筑爱好者的代表，前往未来城参观新型建筑。

未来城的超高层建筑高耸入云，经过周密设计的城市充分利用了空间。屋顶设置了直升机停机坪，构成第一层交通网；第二层交通网是距地面30米的空中道路，车站设在各幢大厦的十余层处的大厅里；地面是第三层交通网，人行道是自动传送带；第四层交通网在地下，由铁路和公路组成。地下也是四通八达的城市。代表团从郊外机场改乘直升机到市区参观，来到了一幢202层的圆形大厦。这房屋的墙壁为折射玻璃，从外面朝里看像绿色的大理石，里面往外看却完全透明。它还能隔绝部分紫外线和红外线。房间的设备和装饰都是用各种各样的塑料制成的。整个建筑物外面涂着一层特殊的半导体材料，形成一个巨大的太阳能电池，一年四季为大厦提供能源。

代表团乘高速电梯降到20层楼车站大厅，乘坐架空电车参观了城里的各种建筑物。这里有可容纳20万人的室内体育场，也有用高强钢索悬挂在中心的办公楼。晚上他们刚刚睡下，挂在墙上薄如墙纸的彩色电视屏幕，突然开始播送节目，预告当晚10时20分35秒，将发生九级地震，请大家不要惊慌，安心休息。在地震发生时，他们从电视上看到各种建筑似乎都在轻微摇晃，但并不明显，简直不相信发生了一场大地震。原来这些建筑是一种"自谐调结构"，能够随地震力的大小来调整自己的刚度，以避免震害。

第二天，代表团到"仿生城"参观。路上看到乡村建筑都是坐落在花园中的三四层住宅，室内设备和城市里的大厦差不多。人们都喜欢住在乡下，为了工作需要才不得不住在城里。到了"仿生城"，他们看到的都是怪里怪气的建筑，有的像蜂窝，有的像大树，有的像花瓣，有的像甲虫，都是运用仿生学的原理，从生物的构造得到启发而建成的省料、受力好、功能合理的新型建筑。

第三天，代表团告别了仿生城，飞往沙漠中的"未来平方城"参观。只见沙漠中出现了一个方圆几十千米的闪闪发光的大气泡，在阳光下显得非常耀眼。直升机冲入气泡，景色在一瞬间完全改观，阳光和煦，微风拂面，真像早春江南。下了直升机四面环顾，却看不到有什么建筑，这里所有工厂都是露天生产，只有住宅是充气式活动房屋。他们正在感到惊讶之际，陪同人员向他们解释：这里不愁下雨下雪，一年四季的温度、湿度、风速都由人工控制，整个大气泡就像个大房间，所以工厂不用盖厂房了。这个大气泡的建成无须用任何材料，它只是一层电离了的空气。

《少年科学》，1979年7月号

绰奇、小莉和我

张建生

这几天，我被绰奇弄得生气极了。早晨，天才蒙蒙亮，他就把我喊醒。吃完早饭，也不让我摸一下昨天刚完工的模型飞机，就硬把我按到椅子上，给我出些连老师都没教过的数学应用题。

绰奇是爸爸为少年科技站制作的一个机器讲解员，模样极像我。爸爸因参加科学考察团不在家。他给了绰奇一个任务，要他在暑期里提高我的数学水平。这样，绰奇就成了我们家庭的一员。假如整个暑假都让它这样管下来，我实在受不了。我得想法除去爸爸给他安排的程序。

　　一天午后，我躺在床上闭着眼睛假装睡觉，绰奇看了便到楼下去收拾花园。这一下机会来了，我偷偷地走进爸爸的工作室，打开抽屉取出一张淡蓝色卡片。突然，绰奇出现在房门口，严厉地问我到工作室里来干什么。他要我把手中的卡片交给他。在匆忙中，我从卡片上找到了一行消除绰奇记忆的数字2096，于是，就大声地念了出来。刹那间，绰奇变得纹丝不动，像一具僵尸。我又从卡片上找出一个重新输入程序的指令。当我刚把数码喊出口时，绰奇就睁开眼睛，唯命是从地听我安排了。我要他去帮我完成作业，还命令他：如果爸爸问起时得说是我自己做的，他都一一答应了。

　　有一天，我和绰奇在阳台上试飞模型滑翔机。不料，滑翔机落到了隔壁女农艺师家的园子里，撞坏了两株蔷薇花。楼下响起了一阵电铃声，绰奇开了门，只见门外站着一位小姑娘，手中拿着我们的小滑翔机，对我说："请你以后不要再往我们园里掷滑翔机了，它撞坏了两株蔷薇花。"说罢，把滑翔机递给我，转身就要走。我赶紧喊道："哎，别走！"她回过头来问："有什么事？"我一时不知该说什么。绰奇大声问道："你叫什么名字？""我叫小莉。"我也作了自我介绍："我叫杨骅。"绰奇还邀请她下星期天一起到少年宫玩。

　　星期天，我们三个一起到了少年宫。在游艺厅里，我们看到一道数学题，我和小莉都答不出来。绰奇向我伸出一个代表"9"的手指头，我就喊了一声"9"。一扇小门打开了，我们跑了进去。原来，这是一个数学游戏室。我正想退出来，身后的门已经关上了。按规定，到这里来玩的，不算出三道以上数学题，是不能走出去的。小莉算出了好几道数学题，可是我的脑袋里像有一团糨糊在流来流去，一道题也没有做出来。我正在苦恼的时候，绰奇对我说："全算出来了。"并把一张写着全部答案的纸条递给我，由我写上名字，交给这里的一位老师。老师看了答案，给我发了少年宫数学游戏最优胜者奖。走出游戏厅，我如释重负。我和小莉走到花园里，发现绰奇不见了。我便和小莉在草坪上歇着。

几个过路的小朋友都在议论着我的名字。有的说我舞蹈跳得好，有的说我棋艺高，也有的说我驾驶宇宙飞船，动作准确极了……我一听，急了，甩下小莉去找绰奇。只见他正在与一位小朋友争夺乒乓球冠军。他的乒乓球打得棒极了，很快就把对手打败了。于是，"杨骅"的名字响彻了大厅。

这时，来了一位剪短头发的女教师。她一把拉住我，邀请我到少年广播电视台去作学习心得体会的报告。这下我可慌了手脚，灵机一动，急忙说道："我不是人，我是机器人。"正在这位女教师大吃一惊的时候，我转身和绰奇走出了少年宫。一群少先队员跟在我们后面大声叫着："瞧！机器人！"我们就像动物园里的猴子似的，被人指手画脚地评论。我实在忍受不了，拔腿就跑。

不知什么时候，我发现小莉姗姗地跟在后面。小莉问绰奇："你们全是机器人吗？"绰奇说："杨骅是，我不是。"我冲着小莉说："别信他，他是机器人，他在说谎！"绰奇生气地说："我说谎，不全是你教的吗？"我和绰奇争吵起来，小莉不愿再和我们玩了。这使我感到非常伤心。回到家中，我立即消除了绰奇的记忆程序，将爸爸临走前给他安排的程序重新输入给他。

《西湖》，1979年6月号

密码生命

张士林

周末之夜，电视机里播发了一则消息：在宇宙太空中，有一艘来历不明的巨型宇宙飞船，以接近光速的极高速度，飞临我们的太阳系。这艘飞船的名字，可能叫"新星"。它发出的电波信息中，还含有我们的宇宙飞船使用过的空间联络信号……

这则消息震惊了"协和学"科研所的科学家艾柯艳和她的女儿夏新星。原来，艾柯艳的丈夫夏觉新是位生物学家。15年前，他以优秀宇航员的身份，参加了对太阳系外宇宙空间的第一次星际探险，在考察D星时不幸遇难。

次日清晨，电视台播送中国第八号空间站迎接D星人飞船的实况剪辑。一个精巧的机器人从飞船内出来进入过渡舱，它说："我们是从D星来的星际考察队，是专程来访问地球人的。"这就是夏觉新的声音，坐在电视机前的艾柯艳激动极了。紧接着，飞船里走出一对六七岁的男孩，他们和夏觉新小时候的模样十分相像，艾柯艳震动了。这两个孩子自豪地说："我们的爸爸就是中国的宇航员夏觉新。爸爸叫我们回来认妈妈，上学，还得负责给D星人当翻译。"艾柯艳陷入了沉思之中。

飞船离开八号空间站向地球飞来。中国宇航中心承担了世界上第一次迎接天外来客的任务。人们望眼欲穿的时候来到了，四个头大、眼睛大的D星人出现了。两个已在电视上和人们见过面的小男孩从飞船里跳出来，一头扑到艾柯艳的怀里，亲切地呼喊着妈妈。艾柯艳抱起这两个孩子，在他们的脸蛋上亲吻着。她审视着他们的脸面：这两个孩子的面孔和夏觉新完全一样，连夏觉新左嘴角外侧长的一颗小黑痣也一丝不差，这就更增加了她的惊疑。

D星人带来了夏觉新给妻子的信——微缩影印信，以及他在 D 星上整个生活的激光全息录像带。回家后，艾柯艳立刻打开微缩资料阅读机，这时显示屏上出现了丈夫的笔迹：

我们的飞船遭难时，强烈的辐射线使我双目失明了。D星人营救了我。他们先是为我安装了一双将电视信息转换成视神经生物电信息的人造眼睛，以后又给我换上了一双有生命的眼睛。

有关当局派来和我联系的雅典娜告诉我：为了给我换上这双真正的眼睛，他们取下了我身上的细胞，翻译出它所包含的全部遗传密码，把它们编成为我培育眼睛的程序，再把这种程序输入控制"密码生命摇篮"的电脑中，然后把筛选好的细胞移入"密码生命摇篮"培育，使它最终能像受精卵在子宫那样，成长为一个完整的幼小生命。当这个小生命成长到一定阶段后，电脑就会根据预先编制的程度，加入抑制小生命的某些部位继续生长的酶类，使这个小生命仅仅为了给我长一双合适的眼睛而生长。

他们为我培育了四个小生命，只有一个完全按电脑的控制生长，一个长得两眼不一般大，没法应用，被冷藏起来了。另外两个摆脱了电脑的控制，长成了正常的胎儿，这就是两个小男孩的来历……

一切都已明白了。信还未看完，艾柯艳就已经激动得两颊灼热了。

《密码生命》，山东人民出版社，1979年11月

秋江芙蓉

张　飙

一天，赵烃和女儿秋蓉刚回到家中，就被一伙人绑架。绑匪是秋江市黑帮人物魏美娜的手下。魏美娜这次行动，是受了笔韬公司的老板毕桃的指使。

"你们想干什么？"赵烃怒喝。魏美娜说："没什么。只有两个小要求，一是请秋蓉帮我们检修一台仪器，二是请你把微米波论文交出来。"赵烃断然拒绝。魏美娜让赵烃好好想想便走了。

秋蓉对赵烃说："爸爸，把论文交给他们吧，我们就可以回家了。"赵烃说："微米波技术在世界任何地方都能卖几百亿美元，绝不能交出。"

赵烃是已故著名科学家毕天云的学生。赵烃得到了毕天云的全部研究成果，包括微米波论文。1984年，赵烃开了一家公司。为赚更多的钱，赵烃残忍地挖掉了小秋蓉的眼睛，装上了电子眼。秋蓉长大后，学了物理学、电子学。她不要任何仪器，一眼就能"看见"各种电路的毛病。她甚至能"看出"人的脑波，知道别人在想什么。

父女俩正说着话，有人来救他们了。来人叫黄之库，是笔韬公司总经理毕桃的司机兼情人。毕桃是毕天云的女儿、赵烃的旧情人。她知道赵烃霸占了父亲的研究成果，便指使魏美娜绑架赵烃。现在毕桃又派人来救赵烃，企图让赵烃对她心存感激，便于取得微米波技术。由于她到美国做了全身美容，赵烃没有认出她是毕天云的女儿。黄之库凭着惊人的功夫，轻易地打败了魏美娜的手下。魏美娜无奈，只得答应黄之库把赵烃父女带走。不料，此时的赵烃父女竟然不见了。毕桃的第一次阴谋破产了。

救走赵烃父女的是公孙杨柯。他是香港的国际刑警，这次是为自己的父母到秋江市来办一件私事，所以不愿惊动大陆警方。杨柯发现了绑架案，趁人不备救出赵烃父女，把他们送回家中。为防不测，他打电话叫来公安人员，请他们保护赵家人。

当夜，黄之库潜入赵家，用硬币打昏了几名公安人员，劫走了赵烃父女。因为杨柯的出现，使毕桃的第一次阴谋破产，毕桃急于想获得微米波技术，卖给外国人，所以命令黄之库直接绑架赵烃。

杨柯担心赵烃父女的安全，又来到赵家，发现他们已被人劫走，便追了上去。杨柯追上了黄之库。黄之库让人把赵烃父女带走，自己对付杨柯。杨柯告诉黄之库，他是黄之库的师兄，并劝黄之库不要为女色所惑，为虎作伥。黄之库不服，师兄弟发生恶斗。黄之库不是杨柯的对手。正在搏斗时，公安人员来了，师兄弟双双逃离现场。

黄之库回到家中，毕桃的秘书许荔来找他。她告诉黄之库，她是赵烃的女儿。毕桃是个心狠手辣的女人，笔韬公司表面上做生意，实际上贩毒、走私、绑票，无恶不作。毕桃年轻时是赵烃的情人，许荔的妈妈因此一直忧郁不快，很早就死了，她要向毕桃报仇。许荔请黄之库帮她复仇。许荔告诉黄之库，秋江别墅是毕桃的一个窝点，这两天毕桃可能藏到那儿去了。

黄之库在许荔的带领下，找到秋江别墅，见到毕桃和赵烃正在大吵大闹。原来赵烃父女被绑架到这儿后，毕桃马上和赵烃见面，她向赵烃摊牌说自己是毕天云的女儿，是赵烃的旧情人。她指责赵烃要阴谋，把她抛弃，并且窃取了父亲毕天云的研究成果。毕桃要赵烃交出微米波论文和资料。赵烃说论文不在他那儿，毕桃气愤至极，让人把秋蓉拉出来，叫三个打手当着众人的面强暴她，以此来威胁赵烃。但赵烃对此无动于衷，他告诉毕桃，秋蓉不是他的女儿，是他用300元钱从乡下买来的。毕桃气得不知如何是好。

正在这时，杨柯进来了，毕桃让他别管闲事。杨柯拿出一张照片交给毕桃，照片上有三个人，年轻的是杨柯；老太太是毕桃的妈妈；老头儿是杨柯的父亲——黄之库的师父。杨柯说："你的妈妈虽遭迫害，后被我父亲救活，现在是我妈妈。微米波论文在她手中。她本想把论文交给你，没想到你这样不争气。"

杨柯还说，他已查明，秋蓉的小名叫小湘，是赵烃和毕桃非法同居时生下的。他们刚才无情折磨的就是他们俩的亲生女儿！

赵烃听了，一下子瘫倒在地上。毕桃突然狂哭起来，披头散发冲了出去——她疯了！

外面传来了警车声。杨柯抱起秋蓉，消失在茫茫夜幕中。

《科技与企业》，1977年第2期～1999年第3期，庄秀福改编

回来吧！罗兰

张笑天

时光把人们带进20世纪末最后的一个春天。

在风景如画的滨海潮汐发电站总工程师路航的别墅里，人们正迎接着一位誉满全球的治癌专家罗湛教授。这位客人的光临，勾起了路航一段辛酸的往事：在那悲痛欲绝的日子里，他的未婚妻罗兰含恨葬身在浩瀚的大海。如果不是种种不幸接二连三地降落在路航和罗湛之间，罗湛早已是路航的岳父了……可惜，这已经永远是不可能了，罗湛教授的巨手可以救活病入膏肓的癌症患者，却无法使自己的女儿——罗兰的生命死而复苏。

罗湛的目光在迎海的那面墙上停住，他看见了女儿罗兰的照片。当他转过身来时，发现路航也在凝视照片，眼睛里含着一层模

糊的泪水。沉默了一会儿，罗湛首先打破了僵局。他说："我这次来，是邀请你同去玛瑙群岛的生物研究所，那里创造了人间的奇迹，你还记得李东黎博士吗？"

路航初识李东黎博士，正是他最消沉的日子。如果没有路航的抢救和鼓励，李东黎早已是黄土垄中的一堆枯骨了。正在路航浮想联翩的时候，电视机屏幕上出现了一行大字：中国著名生物学家、一级教授李东黎博士，积多年研究经验，一举创造绝对零度冷冻活人的奇迹。兹定于2000年4月8日开机解冻、再生活人，敦请世界各国科学界朋友届时光临。罗湛关掉了电视，说："就这样定了，我和你一同到玛瑙岛去。你对祖国四个现代化尽了力，四个现代化也应当还给你幸福。"

当罗湛和路航来到玛瑙岛东部的生物研究所时，70岁光景的李东黎迎接了他们。他们坐下一面喝着茶，一面相互祝贺对方的成就。后来，李东黎从壁橱里拿出一个漆盒，放到路航面前说："先给你看一样东西吧。"

路航抽去盖子，盒子里珍藏着一条纱巾。这就是路航当年送给罗兰的礼物。他惊奇地问："这条纱巾，是怎样保存在您手中的？"李东黎指着一架落地式记忆贮存柜说："多亏它为我们记录了当时的一组镜头。"说罢，他打开贮存柜，拨动按钮，只见屏幕上出现一片乌沉沉的大海，狂暴的海潮；绝壁千尺的临海礁石上，站着双手拉紧纱巾角的罗兰；她身子一跃，扑向大海；当罗兰投水的旋涡还没有散尽时，一艘快艇赶到，李东黎早已穿好潜水服，跃入海中救出罗兰。屏幕再没有别的影像，窗帘重新打开后，李东黎平静地说："她没有死，但也没有活，当时我把她冷藏了起来。由于罗兰是得过血癌的人，零下270摄氏度的冷冻既然能够完好无损地保存生命的细胞，也同样能够保存癌细胞。"路航懂得了，为了不让冷藏的罗兰活过来后再叫万恶的癌细胞夺去生命，李东黎一直等待罗湛一举攻下癌症尖端的今天，才敢于开机放人。这足足使他的学术论文在世界上晚公布五个年头。这是真正地"为了生命"，而不是"为了科学"。

4月8日这一天，来自世界各个国家的新闻记者和生物学家都聚集在中央实验室的前厅里，静静地等待着那生命复苏的辉煌时刻的到来。

李东黎移开监控盘上的一块挡板，从这里清楚地看到闪着幽静蓝光环的冷藏室里，沉睡着的罗兰，静静地躺在一架特制的床上，没有呼吸，脸色苍白，像一具大理石雕像。李东黎按了几下电钮，屋子里罩上一片红光。只听到一阵隆隆巨响，一道奇异的蓝光闪过，冷藏室的门猛然向两侧弹开，有一架滑动的床被一道闪光推向与冷藏室毗连的有机玻璃罩的缓冲室。李东黎下达了缓解、减压、给氧等命令后，罗兰渐渐苏醒过来，呼吸、脉搏、血压都正常。

大厅里掀起一片震天动地的欢呼："缓解成功！"缓冲室的门打开了，罗兰站起来，这个沉睡了几十年的人终于复苏！科学给了这个少女第二次生命，被扼杀了的爱情又回到了人间。

《回来吧！罗兰》，沈阳春风文艺出版社，1979年11月

尸 变

张之杰

一辆殡仪馆的接尸车开进X大学医学院解剖系的大门口，一副担架被抬了下来。担架上的死者叫张乐音，是位22岁的姑娘，因厌世服安眠药自杀，遗嘱将遗体交X大学做教材。

掀开白布，死者跟睡着了一样，她才死了24小时，又是死在冬天，所以没有一点异样。这时，储尸室进来两个人，一个是解剖系系主任，一个是生物工程系的外籍客座教授卡特。系主任说："卡特教授正要找一个死亡未超过48小时的尸体做实验，这具尸体刚好可以给他。"

卡特教授曾以他发明的一种技术，让死猫、死狗站起来走路。原理是，动物死亡后，神经细胞等组织先死，肌肉组织死得较慢。在猫狗死亡后，只要给予一种刺激，肌肉就会收缩，动物就会运

动。因为怕引起舆论反对，卡特的实验是秘密进行的，只有很少人知道。

到黄昏，一切准备就绪。卡特的实验室墙壁上是个大屏幕，可以看到储尸室的实况。在储尸室中只有卡特的助手一个人。到7点整，仪器开始工作，尸体——张乐音的手臂上扎着的针，接收到卡特实验室传来的信号。7点零3分，张乐音一下子站起来，走了一圈，又回到原处，躺下不动了。

卡特知道，此时电脑中输入的程序只能让张乐音做这些动作。他把机器关掉，换上一张新的磁碟，心中暗喜："明天凌晨，博物馆那颗大钻石就是我的了。"

卡特是某国帝国大学生物工程系系主任，受X大学医学院之聘担任客座教授。他"热爱"中国文化，一有空就到博物馆参观，看到500年前缅甸进贡的一颗原钻，估计这原钻如被琢磨出来，一定比大英博物馆珍藏的那颗还大。他一次又一次地造访，把博物馆的一切都丈量清楚。盗宝的事，最好自己动手，但卡特没这个胆。不过，他是生物工程专家，科技可以帮他解决一切。

卡特熬到半夜12点，检查了一下仪器，走出实验室，踱到储尸室的门口。他的助手出来向他点了点头。夜光表指到12点45分时，两人紧张起来，因为此时，卡特实验室的所有仪器会自动开启。过了一会，储尸室门中闪出一个女子，正是张乐音。两人迎了上来，把她带上一辆汽车。5分钟后，到了博物馆。1点钟一到，卡特给张乐音戴上一副手套，又交给她一把割玻璃的钻石刀。张乐音下了汽车，朝前走去。

按照预定程序，她将爬上一棵三层楼高的椰子树，然后从树上跃到阳台上，割开玻璃窗，跳进博物馆，再割开玻璃柜，取出大钻石，从原路返回。这些动作，活人绝对无法做到，但在电脑的控制下，死人却能发挥肌肉收缩的潜力，变成超人。

这时张乐音已走到那棵树下，开始往上爬，爬得好快，简直像飞一样。到了树顶，她正要跃上10米外的阳台时，四下的灯光突然灭了，张乐音像块石头一样，从树上摔了下来！

"停电了！"功败垂成，卡特无比沮丧。但他很冷静，和助手抬起张乐音，向汽车奔去。

台湾《明日世界》，1979年9月，张之杰又名章杰，马义改编

公元5000年

张之杰

公元5000年，地球上只剩下两种生物：人和绿球藻。那时，整个地球变成一座大城市，房子连着房子，没有马路，没有空地。房顶上，是培养绿球藻的池子。

海洋呢？早已成为一泓死水，里面什么生物也没有。原来，在公元4040年，人类决定把地球上所有的生物除掉，只留下人类和绿球藻。从此，花草树木绝迹，连细菌和病毒也不见了。

此后500年中，人口增加了100倍，只得把绿藻培育地从地面移到屋顶上。到了5000年，地球上已没有一块空地，也没有任何交通工具。整个地球变成一座大房子，高100层，内部的格式全世界一致。每一间住10人，房子和人都编了号。4900年前，各个"寝室"都连在一起。

到5000年，为了便于管理，把各寝室的交通堵绝了。每1000个寝室为一单位，单位与单位之间无法往来。这样，当然也不需要任何交通工具了。

公元5000年，地球上没有任何政府，管理众人之事，由一中央电脑系统执行，人类的思想言行，以至于吃、住，全受电脑控制。

每个人的所思、所行，均逃不出电脑的"法眼"。社会不再有犯罪发生，谁动了犯罪的念头，电脑即刻知道，轻则警告，重则惩罚。如果不可救药，就被除去。

那时人们是光着身子过日子。这一方面是因为太阳能和地热的充分利用，室温衡定在25摄氏度；另一方面也是因为物质的缺乏。所以中央电脑系统决定改变人类的习惯，过裸体生活。

谈到吃，那时人类一点口福也没有。各间寝室都有一根管子，谁饿了，就用嘴含住管子，电脑认清了是谁，就会根据他身体的需求，给他一定量的绿藻汤喝。因为那时已没有细菌，所以大家同含一根管子，不会觉得不卫生。

对于不利于社会的人，电脑会把他除去，其方法是不给他东西吃。当他去吃东西的时候，管子里不会有东西流出来，如果他要大闹一场，电脑会控制住他的心神，让他自动走进"转化室"，几秒钟之内，其形体即化为乌有。

人类的寿命也受电脑控制。为了控制人口，人类平均只能活30岁。电脑使每个单位的人口永远保持在1万人，如超过定额，就将"老"的除去。被除去的人和大小便，都转化成肥料，输送到屋顶的绿球藻培养池中去。

人类没有娱乐，唯一的娱乐是聊天。因为生活圈子太小，生活方式太简单，所以人类的语言愈来愈简化，文字早就不存在了。中央电脑认为，文字会积累智慧，不利于管理，所以自4800年以后，文字就从地球上消失了。

中央电脑统辖数千个区域电脑，每一区域电脑又统辖数万个机器人。一切大小事务，都由机器人执行。人类悠哉游哉，什么事也不必做，没事就聊天。为了节省能源，室内光线很暗，住在寝室的人，不知道日夜，也不知道时序变更。除了他生活的那个单位外，对于外界一概不知。

公元5000年，人类已没有婚姻关系。幼儿是以细胞培养法在仪器里培养出来的。幼儿一出生，第一个手续是阉割，所以从此性的问题就不存在。中央电脑系统宣称，这是人类史上的大革命，因为只有除去性的问题，才能逃脱因果，登彼极乐。人类是什么？生命是什么？这些原来极为复杂的问题，到了公元5000年，都为之单纯化了。

台湾《明日世界》，1979年11月，马义改编

央金还乡记

张祖荣

央金博士由于突破了受控氢聚变这项划时代的技术，获得了2007年度的X国诺贝尔物理学奖。《纽约时报》在诺贝尔奖奖金获得者的名单公布的当天，发表了有关她的离奇生平的报道，引起了全世界的关注。就在这时候，她收到了一封来自太平洋彼岸的信，这是她分离了几十年的哥哥写来的。她决定收拾行装到中国去看她分别已久的哥哥。

两天后，一架波音787飞机在太平洋上空向西飞行。央金半躺在座椅上，从荧光屏上阅读一本中国最新出版的书籍——《喜马拉雅的隆起及它的千秋功罪》。书的最后出现了作者的名字和他的全息小像。央金惊叫起来了，"啊，扎西！哥哥。"这时，飞机已到达北京。一位姓赵的同志专程赶来机场接她，并告诉她，扎西教授在拉萨等她。

第二天一早，央金和老赵一起乘一列高速磁悬浮列车，以超音速的速度向西行进。一路上老赵向央金介绍了西藏的变化。老赵又从手提包里掏出一架袖珍录像录音两用机，装上磁带，在荧光屏上出现了

扎西教授在"倚天剑–1号"工程方案讨论会上作报告时的图像。

　　"倚天剑—1号"是一项规模巨大的改造自然的工程。由于喜马拉雅山像一垛奇高无比的墙，挡住了印度洋上的西南季风进入中国大陆，使新疆出现了一大片沙漠。"倚天剑–1号"的第一期工程就是准备花10年时间，在适当的地段开挖数十条让印度洋上的西南季风进入我国大西北的通道，使大西北的降水量普遍增加到500～700毫米，无霜期延长50天左右。它的第二期工程准备再花20～30年时间，把喜马拉雅山这垛屏障全部搬掉，使北国变成江南。

　　扎西教授宣布：我们研制的超大功率激光器已能在极短的时间内削下半壁山岩。在这项工程中，将用它来劈山，开采下来的石头除了可以作为建筑材料，远销欧美外，大部分将填入东海大陆架，造出一块比苏、浙、闽三省面积还大的陆地，并使台湾与大陆联成一体。由于在五年前，我们已在受控氢聚变方面获得了突破，解决了超大功率激光器的能源问题，用超大功率激光器开掘山石的技术已经成熟，并可以投入应用。在这项工程建设中，我们还要开发高原固体物质势能。据估计，一块一吨重的石头从珠峰之巅落到海里，可以发出近28度电力。现在，一项利用泥石流释放能量的实验装置已经建成……

　　老赵关掉了两用机，央金问老赵："我得奖的专题，你们在五年前就已经突破了，为什么不申请专利、奖金呢？"老赵回答央金说："发明和创造本身是属于全人类的，它的目的也是为了造福人类。至于有时不公开，无非因为世界上还有人想利用它来杀人。"

　　央金沉默了，她决定自己该走什么路了。这时列车盘旋在二郎山上，两只苍鹰正在车轮下的云海里，像箭似地向天际飞去。

《东海》，1979年11月号

魔 园

章以武　　未 燎

路路、坤坤和初二(3)班的其他同学，成功嫁接了一种果树新品种——白果树。它长得繁茂极了，树荫能覆盖方圆十几米。在那粗壮的树干、数不清的枝条上，缀满了累累果实：鲜红的荔枝、奶黄的雪梨、嫩爽的苹果、透明的葡萄，南北佳果，共聚一堂，都在金色的秋风里，喷香，成熟了！

使孩子们伤心的是，他们心爱的植物园遭到了袭击，花草全被践踏得乱糟糟的，白果树也给刨倒了！为了弄清事情的真相，晚上12点，路路拿了爸爸的一支电子枪，坤坤带着一支强光电筒，来到了植物园。

在朦胧的月色下，他们看到一只黑黝黝的庞然大物走过来。一会儿，这怪物兴奋了，干脆横躺下身子打滚，可怜那些香花嫩草顷刻间就被碾平了。一股雪白的光柱射向怪物，这究竟是什么玩意儿哪？可怖的绿惨惨的面孔，长长的嘴巴，鼓凸的眼睛，像两把大葵扇一样的耳朵，耳边还有两只弯弯的角哩。它的身躯简直像头大水牛！这怪物对着强光愣了一会，"呼哧"一声逃走了。路路急忙扣动电子枪的扳机，"嚓"地，电光闪处，只见那怪物撒开四蹄，晃着大脑瓜，消失在迷茫的夜色之中。

他俩一跃而起，追赶着怪物。路路边跑边扭开电子枪的开关，只听得里面发出"嗡嗡"的电波声，它在告诉主人，那粒硅管做的子弹，已经击中了对象，在它身上发回了电波。他俩翻过山冈，穿过丛林，电波讯号越来越强，预示着怪物就在近处。坤坤将电筒伸到前边一照，奇怪，什么怪物也没有。只见大水池旁挂着一块木牌：遗传工程实验地。电筒光刚巧照在小树杈上，那上边挂着一撮绿毛，那粒硅管子弹原来粘在毛上呢！

　　路路和坤坤打量着周围的环境，发现一排矮矮的、只有一人多高的树，粗得两个人都抱不拢，上边挂着千万个像小灯笼似的果子，路路摘了一个剥开尝尝，啊，是花生！那一排两米高的树上，结着密密麻麻、四四方方的果子。路路张大嘴巴咬一口，这哪里是果子，分明是生牛肉！路路越想越可怕，他们一口气跑到山冈上，在一块长满苔藓的石头上坐了下来。怪事，这石头怎么软软的，像沙发一样，坐了一会，他们觉得屁股发热，随即那石头"呼哧"一声，把两人抖翻在一边！路路定睛一看，啊，"活沙发"就是那长着弯角、大耳朵的绿面怪兽！于是，他们便不顾一切地向前跑去。

因为受到惊吓，路路和坤坤得病住进了医院。赵教授到病房里来看望他们，路路问赵教授，遗传工程实验地怎么像个魔园？赵教授告诉他们："生物代代遗传，父子相似，是由于细胞中有一种叫'基因'的东西在起作用。生物学家把这种生物遗传基因接到那种遗传基因上，结果就长出另一种'怪物'。据此，我们就为各种动物、植物设计新品种。这种研究在科学上就叫'遗传工程学'。比方说，要让猪长得像牛一样大，就把牛的遗传基因接到猪的身上，猪就变成你们遇到的猪不像猪、牛不像牛的怪物了。植物的叶绿素能吸收阳光起光合作用，能为植物提供养分。我们就把叶绿素细胞的基因接到这个怪物的皮肤上，让它长一身绿毛，不吃饲料，光喝水、晒太阳就能长大。也怪我们没管好，让它糟蹋了你们的新果树，真对不起！这怪物之所以窜到你们的植物园，是因为它身上还有本地猪的遗传基因，有'恋家'的遗传病。我们又给苹果树接入牛肉基因，这树结出的果子就是牛肉果。现在，我们的魔园正在和全国、全世界的科研单位合作，制定了10年、20年的雄伟的规划。那时候，我们要研究像孔雀一样大的鸭子、含有多种营养的水稻……"

"真是神话一样啊！"路路和坤坤激动地说道。

《生命曲》，广东科技出版社，1979年4月

鱼儿回来了

章以武　未燎

近年，豆花江的大马哈鱼越来越少。现在正是秋风乍起的时候，往年这个季节，大马哈鱼一定成群结队，从太平洋回来。它们溯江而上，密密集集，吱吱咕咕，一条豆花江简直像开了锅一样。

可是眼下呢，渔船都静静地泊在陡峭的岸边。虽说县防治污染办公室的工程师经过多次化验，反复声称豆花江的水质是没问题的，但是大马哈鱼就是不回来。

为此，捕了一辈子鱼的李老汉十分恼火。一次，李老汉正蹲在江边，一艘水翼船在他面前停了下来。他的侄子、化工厂厂长和鱼类专家走下船来，邀请李老汉上船到大海去，看看他好久不见的老朋友——大马哈鱼。

不到一支烟的工夫，船儿驶进波浪滔天的大海中，并渐渐潜入海底。在海底，李老汉发现一群黑压压的大马哈鱼正朝这边游来。"这大马哈鱼就是排着队等着我们领它们回豆花江。"鱼类专家对李老汉说道。正说着，大马哈鱼突然惊慌失措，争先恐后地逃跑了。一个巨大的黑影在眼前滑过，寒光闪闪的利齿，正吞噬着来不及逃跑的大马哈鱼。李老汉睁大眼睛一看，"鲨鱼，凶残的白鲨鱼！"他侄子一按开关，那白鲨鱼好像被什么东西当头一击，转头迅速溜走了。水翼船无声地向前滑行、上浮。逃跑了的大马哈鱼慢慢又围拢来，越聚越多。水翼船浮出水面，船顶启开，放眼望去，黑压压的大马哈鱼的队伍望不到头，它们紧跟着船儿不舍！

"你们用的是啥法术？"李老汉问道。鱼类专家说："春天，新出生的小马哈鱼，顺着江水游向大海，在那资源丰富的大海的'牧场'里长大；数年后，游上千里的路程，又丝毫不差地返回出生地，这是因为它们有敏感的鼻子导航。它们是凭着土质的气味、水质的气味回老家的。尽管豆花江两岸各工厂的'三废'处理都符合标准，但它们的鼻子还是能感觉出一些不对路的地方，于是，就不敢贸贸然登门回家啦！据此，我们设想模仿大马哈鱼最喜欢的'老家'的气息、味儿，诱使它们跟上来，让它们不但游回豆花江，还一直游到我们的鱼池里。可是，汪洋大海中，靠洒一些大马哈鱼喜欢的药水，是杯水车薪，无济于事的。于是，我们发明了一种'脉冲电波发生器'，让它发出脉冲信号，使水质含有大马哈鱼喜欢的气味，这样，它们就成群结队地跟着游回来了。"

"刚才鲨鱼一溜烟似的跑了，你们用的是啥法子？"李老汉又问。"用的也是这法子。鲨鱼最爱血腥味，最怕腐败味，所以我们就放出逐鲨脉冲信号，使海水里马上发出鲨鱼最怕的气味，它当然逃也来不及了。""哎哟，好事都让你们做了！"李老汉听了解释，不禁大为称赞。

《生命曲》，广东科技出版社，1979年4月

蓝色的包围圈

章以武   未燎

星期天上午，李大妈发现她居住的新式公寓的水管堵了，污水从厨房、浴室、厕所里溢出来，横冲直撞，到处都是。李大妈焦急地寻来了一根竹竿往水口里撩拨着，不一会她挑出一团蓝色的东西：蓝色的细叶子，嫩白的须根，根须缠成一团！她不由得想起了昨天的事……

李大妈的老伴是罐头厂的王厂长，近几天来，他愁眉苦脸，厂里的废水处理装置出了问题，把工厂附近的碧云湖污染了。市环境保护委员会向他们厂发出了通牒：一是在废水处理装置未修复之前，停止生产；二是将碧云湖被污染的水净化一遍。为此，王厂长愁绪满怀。昨天周末，正是全家团聚的时候，他却闷坐在绿色的沙发上叹气。

"爸爸，你需要我帮忙吗？"在大学当研究生的女儿王荧满脸春风地问。她把一把灰蓝色的种子递给了爸爸，继续说道："这是赵老师刚从火星实验站寄给我的风信子种子，它的繁殖能力比地球上的植物强几十倍，甚至几百倍。它能帮你净化碧云湖的污染。"

晚饭后，老王和女儿带着一小包神秘的风信子种子上碧云湖去了。遗留在桌上的几颗蓝色的种子被李大妈裹进抹桌布，抖落在洗手盆里，冲进了水管。现在，李大妈在家里看到了风信子的"出色"的表演——十层大楼的水管全给风信子占领了，全堵死了。

大清早，早霞映在碧云湖里，忙碌了一夜的父女俩坐在小巧玲珑的摩托艇上，在湖面上兜圈子。太阳出来了。他们看到，在阳光下，湖面上闪着柔和的蓝光，那是一丝丝、一片片、一望无际的风信子啊！

"这是怎么一回事？"王厂长问。女儿兴奋地坐在艇上，原原本本地告诉她爸爸："最初，风信子在寒冷、干旱、缺少阳光的火星上，也无法进行光合作用。怎样才能提高它的光合作用率呢？赵老师认为，植物叶子上的叶绿素其实是一种半导体，阳光照在它的表面上，就会激发它的电子运动，产生电能，使之进行光化学反应。但半导体有个特点，它只吸收一定的光波。太阳每时每刻向地球倾泻大量的光能，而植物只吸收一点点，原因就在这里。有趣的是，半导体还有个奇妙的特性，往它里面掺入的杂质即使微乎其微，它的导电能力也会发生异乎寻常的变化。赵老师就是根据这个原理，改变了风信子叶子上的叶绿素物质，使它能利用紫外光、红橙光，甚至红外光进行光合作用，从而使它的光合作用增加几十倍。同时，它也能在含有汞、铅、铜、银之类的严重污染的水体中茁壮生长，具有极强的净化污染的本领。"女儿滔滔不绝地说："爸爸，你看，这风信子长得多茂盛哇！它不但能将你们罐头厂排泄出来的有机污染物质吃掉，还能把那些汞、铅、铜、银之类的有毒物质吸收掉。这将给解决公害问题带来多么重大的突破呀！"

刚说到这里，小艇"扑嗤"一声，猛烈地摇晃起来。父女俩抬头一看，不禁怔住了：他们连人带艇陷入了风信子的包围圈，无法前进了。直到机器人驾驶的救护艇开了过来，他们才得以脱身，安全地回到家里。可是，这时候的家，一幢十层的大楼也给风信子包围了。更可怕的是，风信子从一个水渠流向另一个水渠，连旁边的大楼，马路对面的大楼，这个有三百万人口的城市的大楼都将要遭殃哪！风信子正以无限充沛的生命力，在向地球人挑战！

市环境保护办公室召开了十万火急的会议。市长在电台里呼吁，整个城市都动员起来了。为了突破这蓝色的包围圈，市长和火星上的赵老师通了话。赵老师告诉他们："用AO—01微波就能抑制风信子的生长，而且完全可以把它们杀死。杀死的堆积如山的风信子，脱水干枯后是非常好的燃料，它的灰渣可以提炼各种贵重金属。"

几天后，城市的一切都正常了，厂长和女儿都受到了环境保护办公室的批评和表扬。批评的原因读者自然明白；表扬的原因是用一小袋种子就解决了碧云湖的污染，而且为消除公害开辟了一条新路。

《生命曲》，广东科技出版社，1979年4月

雪谷飞行

章以武　未　燎

根据喜马拉雅山近来出现的怪现象和地震仪测出的数据，那里将要发生大地震。我们在四号地区进行探测的地质人员抢在地震前紧张地工作，收集了许多地质资料。当他们正要返回的时候，雪崩却把他们困住了。这是一个不好的征兆！雪崩后，一连串大地震将提前发生，雪谷将夷为平地。

空军部队决定派特种飞机前来支援，带队的是我的同学、设计师张灵。可是，我只见张灵等人乘直升机而来，却没见到特种飞机。张灵似乎看出了我的心思，指着直升机说："在里头哩！"

我们登上直升机出发了。张灵打开几个小箱子，只见里面有几套白色的飞行服，还有一些像热水瓶大小的圆筒，圆筒两边，连着手臂粗的金属管子。"这叫太阳能飞行服。它速度快，装置轻巧，并由微型计算机调整和控制人的飞行重心，很安全。"张灵一边介绍，一边按动操纵器的一个黄色按钮，"咔嚓"一声，从圆筒壁后伸出一对薄薄的金属翅膀，翅膀上挂着许多小块的硅片。他接着

说："这是半导体太阳能蓄电池的帆板，在阳光的照射下能自行充电。这些太阳能电池使电动机转动，将空气压缩进两个圆筒里，要飞行时，按动开关便能使强大的气流从两根喷管喷出，把人送上天去。"

这时，飞机已接近四号地区，舱门打开了，大家穿着飞行服跳了下去。高空的寒风，呼呼地吹着，奇怪的是我们的飞行，一点也不颠簸，非常平稳；更妙的是，我们穿着薄薄的飞行服一点也不觉得冷。张灵告诉我："在急风暴雨中飞行的鸟，能顶着强大的气流，平稳地飞行。我们背上就有个'仿鸟电子计算器'。它根据气流大小，调整推力，能使我们像鸟一样飞得十分平稳。至于衣服那么暖和，是因为里面有微细的发热丝，连接着太阳能电池，能根据需要自动调温。"

接近雪谷了，我们迅速下降。飞至谷口，几经周折后，我们终于在一个冰洞里找到了那三位地质工作者。雪崩危急，我们立即让那三位同志穿上飞行服，带上新探测的地质资料，从原路折回。此时雪谷发出了轰隆的巨响，好像奏响了大地震的序曲。

"同志们，飞上天空！"张灵坚毅地说。这时，谷顶上乌云滚滚，风雪飞腾，我们启动了加速器，像火箭似地腾空而起。就在我们飞上高空的一刻，山摇地动，吼声隆隆，大地震发生了！可是，我们这些空中飞人，却安全地冲出了雪谷，展翅蓝天，向着太阳飞翔……

《生命曲》，广东科技出版社，1979年4月

金地毯铺上天了

章以武　　未　燎

　　我把爷爷拖来参观羊城画展，这是奶奶动员说服了半天他才来的。在展览会上，一幅国画把爷爷吸引住了：金黄的月亮像个大脸盆，地里长着一大片深绿色的大西瓜。爷爷自言自语道："可惜，瓜藤上长出豆角才好嘛！"突然，背后有人插嘴说："我赞成！"我猛转身一看，原来是爷爷的老朋友、画家方爷爷。

　　爷爷兴奋地紧握对方的手。方爷爷笑着说："你们这些研究遗传工程学的科学家，简直是魔术家！让西瓜藤上长出绿油油的豆角来，了不得呀！我要替你们画一幅《种瓜得豆图》！"爷爷听了高兴得简直要跳起来。他绘声绘色地说了许多我听不懂的话，最后爷爷说："现在，我们研究所人员全体出动，打歼灭战！我们有信心，一定能成功！到时候，请你画第二幅！"两位老爷爷在敞亮的画廊里，朗朗大笑着。

　　参观羊城画展回来，我把爷爷跟方爷爷在画展大厅里说的话，告诉了奶奶。还没等我讲完，奶奶双手在腿上一拍，扬起眉头说："小玲子，你爷爷在给人家介绍生物研究所出的大喜事哪！今年春节，你爷爷研究所的大玻璃房里出现了奇迹：西瓜藤上长出一条条碧绿鲜亮的豆角儿！要知道，这是祖国遗传工程研究的一个新突破！"

　　"什么叫遗传工程呀？"我焦急地问。奶奶告诉我说："每一种生物，都有各自的'遗传信息'。瓜有瓜的'遗传信息'，豆有豆的'遗传信息'，世代相传，互不干涉。这种'遗传信息'就记载在核酸分子上。你爷爷这些生物学家干的，是把核酸分子的某一段'剪'下来，'缝合'到另一种核酸分子上。比方，把豆角的核酸分子'缝合'到西瓜的核酸分子上，西瓜藤上就长出豆角来啦。这样，人们就可以根据遗传学的原理，按照自己的愿望，来设计生物的新品种，造福人类了。这就叫遗传工程！""奶奶，那爷爷要画的第二幅画是什么呀？""第二幅画的内容我也不清楚，只知道你爷爷的研究所最近要设计一座世界上没有的奇异的工厂！为了这任务，你爷爷明天就要搬进研究所的大实验室了。在那里住，在那里吃，在那里战斗，可紧张了。"

一转眼，爷爷进大实验室已整整一星期了。他们在实验室里，怎么盖奇异的工厂呢？为了揭开这个谜，我蹑手蹑脚来到了大实验室的窗口。只见爷爷的研究生杨姐姐正坐在一架小型电影放映机旁，细心地操纵着灵敏小巧的开关。爷爷和别的叔叔、阿姨们坐在那里，目不转睛地盯着控制台上的荧光屏。

休息时，杨姐姐出来了。我低声问："放啥电影，你们看得那么有味道？又说盖奇异的工厂，究竟咋回事？"杨姐姐笑着小声说："我操纵的不是电影放映机，是激光器。由激光器这种特殊光源所产生的激光，是一把万能的'剪刀'，可以把电子显微镜里才能看到的分子'剪裁'开来，并按照我们的需要重新组成新的分子！通过光谱仪和摄影装置，反映在荧光屏上的就是分子剪裁、组合的各种图像。要知道，豆科作物，比方大豆、花生，这些作物的根部都有'自办化肥厂'。它们的根部，有一种特殊的细菌——根瘤菌，能直接从空气中吸收氮气，并把它变成氮肥。可是，水稻、小麦这些作物就没有根瘤菌，它们身上没有'自办化肥厂'。如果直接把豆科作物的'自办化肥厂'，搬到水稻身上，它们当然不会适应。所以一定要把豆科作物的有根瘤菌的物质——核酸分子，用激光'剪刀'来进行非常复杂的'剪裁'与组合。这种'剪裁'组合出来的新分子的模样，就是刚才在荧光屏上看到的图像，它能心甘情愿地进入水稻的细胞里。这样，水稻的根部就有了根瘤菌，也就有了'自办化肥厂'这座奇异的工厂了！现在，从电子计算机算出来的各种数据分析，我们的试验即将成功了。""噢，原来是这么一回事！"我频频点头。

不到三个月的工夫，爷爷研究所的暖房里，那一排长在像透明海绵土壤里的水稻，又绿又壮，十分可爱。在稻根一丝一丝淡黄的发须上，长着一串串比小米还小的细粒，那是珍贵的根瘤呀！这种根瘤菌能直接从空气里吸收氮气，并把它变成氮肥！研究所党委书记张伯伯说，"这是绿色革命的一个重要的里程碑！从此，从长白山下、松花江边的稻田到珠江口的大沙田，就可以盖亿万座'自办化肥厂'，我们的金灿灿的稻谷可要多得铺天盖地了呀！"

正在这时，爷爷陪着画家方爷爷参观来了。方爷爷显得万分激动，他表示要和其他画家一起齐心协力创作这幅神奇瑰丽之画！"你说，这幅画用个什么题目才好呢？"爷爷问。"爷爷、方爷爷，就叫《金地毯铺上天了》，好吗？"爷爷被我一说，呆住了，一个字、一个字地重复着。方爷爷兴奋地说："很好！稻子能固氮，必然大丰收，必然金灿灿望不到边，就像金地毯铺上天一样。小乖乖，你说得很有诗意！"说得站在后边的奶奶也笑了起来。

《生命曲》，广东科技出版社，1979年4月

3号的秘密

章以武　　未　燎

我是学校足球队的3号运动员。可是，我的教练对我这个未来的优秀足球选手不太"识货"，有点儿偏见："你呀，成不了优秀运动员！你太懒，汗流得太少，怕练基本功，虚荣心太重！"不错，一提基本功，我就觉得两条腿要抽筋了。正因为如此，每次比赛要是遇上强队，我保准只能在一旁当观众；要是遇到弱队，教练才会让我下去蹦跶蹦跶，不过那也是下半场的事哩！为了这个，每次踢球回来，我往床上一躺，心里就愤愤不平："要是有部'运动机'多好啊，一拧开关，啪，教你踢足球，我动几下腿，就和优秀足球选手容志行一样，那时同伴和教练将会大吃一惊……"

一天，我偶然发现，"运动机"在世界上并不是幻想，而是现实！这是个星期天，我去机场送爸爸出国。飞机起飞后，机场上一座挂着"训练馆"招牌的大楼把我吸引住了。在我的前头，只见一群记者正围着常来学校辅导我们搞航模活动的小陈叔叔在提问呢。小陈叔叔一边攀谈，一边领大家走近大楼。大楼里静悄悄的，里面有一间奇怪的大厅，可真大呀。四壁和屋顶连成一块像个截开一半的圆球。地板是平的。大厅中心停着一架怪模怪样的飞机，短短的翅膀配个粗圆的机身，很逗人。

小陈叔叔指着四壁说："这是全息电视的屏幕，当飞行员坐在训练机舱内，四壁屏幕上就会出现各种图像，录音机播送逼真的音响，飞行员就好像置身于一个真实的飞行环境中，根据飞行速度和高度的气象条件，以及大气流向等进行各种操作训练。""这种模拟飞行训练装置和缩短训练时间的机器有什么关系呢？"有人提出了问题。小陈叔叔说："为了解释这个问题，我想请你们之中一个从未接触过飞机的人来做一个试验。"

记者们面面相觑，没有人吭声。我鼓起勇气说："我可以试试吗？"于是，我被领到那架飞机前。小陈叔叔帮我穿戴好飞行服，往我手臂上分别套上两只金属手镯后，我便爬进厂机舱。厅里的光线暗了下来，过了一会儿，周围亮起来了，我发现自己已经在一个空旷的机场上，脚下，银色的跑道直伸天边。

"3号，准备起飞！"我耳边响起一个陌生的声音。我的飞机引擎响起来了，飞机在轻轻颤动着，我的心怦怦地跳，可是那只手却不由自主地握紧了操纵杆，真奇怪！"啪！""啪！"两颗红色信号弹腾空而起，我的手又不由自主地把操纵杆一推，飞机轻轻抖了抖，在跑道上滑行，速度越来越快，忽然我感到自己已经升上天空啦！"3号，升高6000米！"耳机的声音又响了，我自己还不明白怎么回事，也不知该动哪个电钮，可是手却自然而然地操纵飞机，飞到了指定的高度……不久，降落的命令来了，飞机徐徐下降。当轮子接触到地面时，引擎声消失了。我发现自己还是坐在厅里那架飞机上，只不过背脊是汗津津的。

"同志们，你们看，这是飞行记录，操作动作一点没错。我给大家解释一下这个奥秘吧。"小陈叔叔从操纵室里走出来，指着我手上的金属手镯说："真正的秘密是在这两只手镯上，因为它是个肌电控制训练机的信号放大器。这个肌电控制训练机就在操纵室里。什么叫肌电呢？我们的一举一动，一止一行，都是在大脑发给肌肉的命令——电信号的控制下进行的。这些电位变化可以在肌肉表面用电子仪器记录下来，这就是肌电。肌电是一种电信号，借助微型无线电接收和发送装置，能控制人体肌肉的收缩和松弛。训练机就是预先用磁带记录下优秀飞行员操纵动作的肌电信号，新手戴上手镯，这个信号就会输送到他的手上，使他熟练地开动机器。""呵！原来如此。"记者们恍然大悟。他们欢笑着，议论着，快步走出大楼。

我留在厅内，望着这部机器，想起了日夜幻想的"运动机"，如果能用这部训练机来训练我的基本动作，那是再好也没有了。小陈叔叔答应了我的要求，于是每隔两三天我就去一趟，训练起容志行式的盘球、过人、射门等技术。训练虽然并不轻松，可是练几回就顶别人训练几个月，何乐而不为呢！

一年一度的足球联赛很快就到了。开赛的头场，我们学校足球队就遇上了强队。上半场的比分是二比一。在比赛休息时，我憋不住了，走到教练面前，请他下半场让我上场。教练足足思索了半分钟，才点了点头。

下半场开始了。我一进入场地就露了一手：单刀直入，踢进一球！好呀，二比二！一阵欢呼声滚过看台和球场。可是慢慢地，我的弱点也露出来了。球一到我脚下，我就只会盘球、过人和射门这几招，动作都是固定的，对方扑了几次空后，再也不上当了。我的绝招快变成了拙招。最后，我终于抢到了球，在人丛之中，我盘着球，左冲右突，忽然飞起右脚，球应声入网了。可是，我冷静下来一看，哎呀，我傻了眼，守门员也傻了眼，那是自家的球门……

太阳下山了。我趴在草地上，眼睛被泪水遮住了。突然，泪眼中出现了两个模糊的人影，一个是教练，另一个是谁呢？我认出来了，是小陈叔叔。我冲着他说："我不理你，你说用了训练机可以缩短训练时间，可是你让我学了半截，净出丑！"

教练拍着我的肩膀说："你可不能怪训练机，你要学的几个动作，机器不是教会了你吗？可是一场足球还有许多招呢。机器能帮你缩短学习基本动作的时间，但不能替你思想，替你随机应变，替你灵活走位，替你打配合。这一切，还是要用汗水和机智换来的啊！"小陈叔叔也安慰我说："别难过，训练机还是要用的，但它是不帮助懒孩子的，你改了这个缺点就行了。下一步的训练更高级，是优秀运动员的全盘技术，不过，训练更艰苦了……"我爬起来，一边跟着他们走，一边想着："一定要勤学苦练，练就一身硬功夫，当一名优秀运动员！"这是我的决心，也就是3号的秘密。

《生命曲》，广东科技出版社，1979年4月

太平洋人

郑文光

小行星专家肖之慧的来信，使天文学家秦育文和著名宇航员陆家骏提前结束了疗养生活。信中说，编号为3017的小行星，将在今年12月4日前后回到地球附近。那时，它离地球只有18万千米，能不能再想法子俘获它呢？

在秦育文家的客厅里，肖之慧眉飞色舞地说："借助于一万亿次电子计算机，我已算出了'3017小行星'两百万年来的轨道变化。计算证明，1972498年前，'3017小行星'正好和地球相撞。这就说明，'3017小行星'是那时候从地球上分裂出去的！"

当陆家骏提出疑问后，肖之慧调皮地说："只要你飞到宇宙空间去，把它捉住，带回地球来，那么，一切都是不难弄清楚的！"她以不容置疑的声调，邀请陆家骏一起去捉这个"俘虏"。

这年头，在宇宙空间中"俘获"一颗小行星，在技术上已经不是什么困难的事。可是，怎样使小行星安然进入地球呢？为此，肖之慧绞尽了脑汁。

陆家骏的生活也叫这件事闹乱了。他想起了八年前，和未婚妻方冰乘宇宙飞船到了火星后，沙暴使他们失散了；等他找到方冰时，她被埋在沙层之中，一双眼睛张得很大很大，心脏却停止了跳动。一阵门铃声打断了他的沉思，肖之慧前来拜访。肖之慧兴奋地告诉他，已经找到了使小行星安然进入地球的方法。这就是给小行星喷一种特殊的漆，使之能够绝热，形成一个保护层，即使在进入大气层的时候，它的温度上升到几百摄氏度也不会剥落或氧化了。同时，这种漆又带有磁性，只要在宇宙飞船安装上强磁铁，就能把它吸住，带回来，安然通过大气层。回到地面来以后，可以把漆洗掉，这时我们就有一个完整的小行星标本了。

得知3017行动计划后，陆家骏的哥哥、海洋地质学家陆家骥要求参加这次航行，并得到了宇航局沈局长的批准。在考察马里亚纳海面的时候，陆家骥发现这里的地形和这颗小行星的形状十分吻合，加上这里过去曾发生过一连串的地震和火山喷发，因而他认为这颗小行星也许是从这儿分裂出来的一个小天体。这真是不谋而合呀！听了陆家骥的分析，秦育文和肖之慧都显得异常兴奋。

肖之慧和陆家骏兄弟俩登上了AQ—41号宇宙飞船。在陆家骏的驾驶下，飞船斜斜地向着西南方天空飞去。像捕捉蚊子的燕子似的，AQ—41号兜了一个大圈子，在空中划出了优美的弧线。已经可以看见前面的小行星了。它隐隐约约的，像一块被侧光照亮的熔岩。宛如一只苍蝇追逐着一头大象，宇宙飞船渐渐接近了小行星。肖之慧开动了喷枪，细细的、犹如水珠的涂料在空间中笔直地向小行星射去。她灵巧地操纵着喷枪，让涂料均匀地布满小行星的表面。

宇宙飞船带着小行星，开始接近地球。在进入地球大气层的时候，它们翻了个个儿，以十分缓慢的速度下落。被磁铁紧紧吸附在宇宙飞船旁边的小行星，到达唐山上空、离开地面不过4000米时，几乎像初升的太阳一样亮。这时候，地面上的导航设备全部打开了。它将要降落在刚刚砌好、浇灌了水泥的一大片平地上——将来，就要绕着3017小行星修筑一圈房子，成立一个小行星研究所。

宇宙飞船已经和小行星分开了。陆家骏兄弟俩和肖之慧沿着座舱口伸出的一道绳梯爬到地面上。这时，秦育文告诉肖之慧，科学院已经任命她为小行星研究所所长。

紧挨着小行星，建造了一座12层的楼房。在第十一层上，开了一个门，接通一条甬道。甬道直接通向小行星。那一小块地方，喷漆已经洗刷掉，露出一个工作面。陆家骥就在这里工作。

　　一个多星期后，陆家骏乘着直升机来看望他哥哥。在12层楼的阳台上，他遇见了肖之慧。爱慕之情已在他们的心中油然而生。肖之慧告诉他，陆家骥的工作已经确定，"3017"的表皮完全是火山熔岩，跟地球上环太平洋的火山带没有什么两样。说话间，肖之慧的秘书走了进来，说钻探结果，发现了一个岩洞口。肖之慧决定和人工智能中心联系，调一个全能机器人进去探测。

机器人进入了洞穴。在电视屏幕前，十几双眼睛盯着它。在洞穴的深部发现了一堆灰色的东西。"拨开它！"肖之慧斩钉截铁地说。机器人掀开这堆灰烬，露出了一个陶罐，两个陶碗，还有一堆大大小小的石片和石核，一张兽皮，几根野兽的胫骨。这不正是一幅原始人类的生活画面么？

　　机器人的目光停留在一个黑黢黢的形体上。它轻轻地伸出抓钩似的手，把它扳过来，露出一张前额低低的、眼珠睁得大大的、下颌突出、惊恐的脸。在这个动物的膝下，有一个小一号的同样的动物，抬着头，咧着嘴，仿佛在呼喊。分明这是母子俩。

　　电视屏幕关掉了，众人议论纷纷。陆家骥说："从初步印象看，这应当是猿人。因为她知道用火，狩猎，打制石器和烧制陶器。240万年前，在低纬度地带，是可能有早期的猿人居住的。""那么这两个猿人的尸体为什么不会腐烂呢？"有人问。陆家骥回答得很快："因为火山灰是最好的保存生物遗迹的物质。"

　　陆家骏告诉宇航局的沈局长，古生物学家都提议，把这猿人叫太平洋人。肖之慧在电话中向沈局长报喜，太平洋人复活了！她说："柯大夫出色地检查了大小两个猿人，证明他们不过是窒息了——等于处在长期昏迷的状态中。使用了心脏起搏器后，他们苏醒了……"

　　此时，陆家骏想起了方冰。他紧紧抓住沈局长的两只手说："局长，我想，太平洋人是窒息而死的，死了200多万年，又复活厂。而方冰也没有死，她只是被活埋在火星的沙漠下面。"沈局长被陆家骏的热情感染了，说："好吧，我批准，不管成功与否，都值得一试。你马上去请柯大夫。喂，等一等……""砰"的一声，陆家骏已经蹿了出去。

《新港》，1979年3月号

飞向人马座

郑文光

　　我国某宇航中心总工程师邵子安的儿子邵继恩、女儿邵继来和她的同学钟亚兵，在一艘准备飞向火星的宇宙飞船"东方号"上参观时，正好遭到某国间谍机器人的破坏，"东方号"未按预定计划，突然点火发射，并以4万千米每秒的高速度飞出太阳系。

　　三人在这次意外的宇宙飞行中，度过了好几个年头。他们利用飞船上携带的缩微晶体片，学会了各种科学知识，安装了望远镜，开展了科研工作，并经历了宇宙线袭击、超新星爆发、星际云的阻挠等严峻的考验。后来，他们又遇到了黑洞，差一点被吸了进去。最后，利用宇宙线的能量，克服了黑洞的巨大引力，纠正了飞船的航向，才使宇宙飞船重返太阳系。

　　为了营救"东方号"，邵继恩的女友岳兰在邵子安的领导下，着手制造了另一艘宇宙飞船"前进号"。不久，地球上爆发了战争，"前进号"毁于战火。

　　战争结束后，邵子安、岳兰又回到了宇航城，重新开始建造被战争毁坏的"前进号"。"前进号"造好后，由岳兰和继恩的同学宁业、程若虹三人驾驶，去寻找"东方号"。他们利用宁业在战争中发明的中微子通信机在宇宙空间传递信息，终于找到了"东方号"，并且双双飞回祖国，凯旋归来。

《飞向人马座》，人民文学出版社，1979年5月

鲨鱼侦察兵

郑文光

沙沙是海岛上一位渔民的孩子。他早就盘算好，在自己15岁生日的那一天，约上小伙伴阿姑和福海，驾驶渔业队的一条小帆船，去钓大鲨鱼。

5月初的一个晴天，他们按原计划出发了。小帆船一进入深海区，便马到成功，钓住了一条大鲨鱼！那鲨鱼拼命地挣扎，拖着帆船向前奔驰。海浪翻滚，小帆船战栗着。直到鲨鱼筋疲力尽时，三个孩子才开始一寸一寸地收拢钓绳。鲨鱼逐渐靠近了，沙沙举起利斧，刚要劈下去时，突然听见有人在喊："别砍！"沙沙回身一看，只见一艘漂亮的小汽艇上站着一位老人。他说："我帮助你把鲨鱼捉住，不要砍死它！"话音未落，驾驶舱里出来一个青年人。他端起枪，瞄准鲨鱼头部就一枪，那条鲨鱼就躺在水面上不动了，但它身上却没有一点血迹。接着又听见汽艇发出一阵轻微的响声，艇头张开了一个大口。船舱深处伸出一个铁爪子，伸向鲨鱼，一下子把它送到盛水船舱里面，然后关上了舱门。

老人是生物物理学教授，他亲切地邀请三个孩子上了汽艇，并请他们到31号岛上去做客。教授领着孩子们走进岛上的一间很大的实验室，只见长案上躺着那条大鲨鱼。他指着鲨鱼的两只眼睛说："这儿刚动过手术，这是我第14次动这样的手术了。"在另一间屋子里，有一台大电视机。教授让他们坐下后，便走过去旋动电视机的按钮，屏幕上出现了一个色彩缤纷的海底世界：红色的珊瑚丛，白色的沙丘，巨大的海带以及奇形怪状的鱼。奇怪的是这些海底景色变换得非常快。原来，这就是鲨鱼眼中所看到的景物。教授告诉他们：我们缝在鲨鱼头部的是一台探测器。鲨鱼的眼睛就是它的镜头，当水下的景物反映到鲨鱼眼球的视网膜上后，便传到它的大脑皮层，大脑皮层马上就产生生物电。这台探测器就把这些生物电放大，发送到这架电视机的屏幕上。这台探测器，同时又是一台控制仪。当我们发出指令，控制仪就会刺激它的大脑，产生生物电流，指挥它往我们制定的目标游去。所以用它来当大海的侦察兵，是很合适的。将来你们的渔业队也可以采用鲨鱼侦察兵来侦察鱼群，为捕捞事业服务，而且可以用来巡逻、守卫的海疆。

"你们瞧，"教授说："我们给每条鲨鱼分配一个海区，让它们侦察。现在是第12号鲨鱼……"屏幕上的景物变换得非常迅速，可见12号鲨鱼正用很高的速度巡游着……

忽然，第五号屏幕上出现了一个黑影子，像一支两头尖尖的纺锤。这是一艘入侵我国领海的核潜艇。要歼灭它，又不能让它在我们的领海里爆炸，不然放射性物质就会污染海水。怎么办？说时迟，那时快，一大群鲫鱼，纷纷扑上去，用脑袋上的吸盘吸住了核潜艇的艇底。这艘本来潜伏不动的潜艇，像突然被惊醒那样，倏然开走，从电视屏上消失了。这时，教授满意地告诉孩子们：我们的12条鲫鱼的肚子里都有一个定时炸弹，14小时以后就会爆炸。每个炸弹只有火柴盒那样大，但威力相当于500吨炸药，等这艘潜艇逃回基地时，它便立刻爆炸了。

将近午夜，孩子们由教授带到部队驻地去了，他们坐在一台大电视机前，观看了从人造卫星拍摄下来的爆炸照片：霎时，爆声隆隆，火光冲天。它宣布了敌人的阴谋彻底破产。

《少年科学》，1979年5～6月号

仙鹤和人

郑文光

一位严重脑震荡病人赵志林被送进了市立医院。他的全部记忆都已丧失，不认识人，也不认识字，连话都不会说，就像刚出生的婴儿似的。为了恢复他的记忆，神经外科大夫许立颖绞尽了脑汁。

在动物园里，两只正在蓝天翱翔的仙鹤引起了许立颖的注意。令人奇怪的是，它们虽能飞翔，却不会远走高飞。动物园兽医宋大夫告诉许立颖：他们用能发出强烈电波的仪器，作用于仙鹤大脑的边缘系统，抹掉了原来的记忆，于是它们便忘却了生活过的森林、沼泽、荒野或草原。而只记得这里的水禽湖、湖中的小岛和岛上的柳树、杨树。

许立颖由此得到启发："强烈的刺激既然能使大脑丧失记忆，就有可能使大脑恢复记忆。"随即，一个新的治疗方案便在她的脑海中形成了。

在外科大夫郝正中的协助下，一台新颖的仪器制成了。它录制了能唤醒病人记忆的全部音响。例如，病人是在海边渔村长大的，录音带上就有浪涛声、风的呼号声、海螺号声；病人是在高炉边上干活的，录音带上就有鼓风机的营营响声，出铁水时的哨子声，铁水奔流的呲呲声。同时，这台仪器又能把这些音响转换成电流，用以刺激病人大脑的海马区等部位。这就等于让病人重新生活一次。治疗结果，不出所料，赵志林果然恢复了记忆。

实验的成功使许立颖万分激动。但是她并没有陶醉在胜利的喜悦之中，而是在思索着进一步在自己身上做实验：让形象和声音化为某种电刺激，贮存在人脑的记忆系统，给人灌输知识，以便人们在睡梦中接受教育。

　　赵志林出院的那一天，许立颖即将开始新的实验。当赵志林得知内情后，他被许立颖这种忘我的崇高精神所感动，强烈要求在自己身上作进一步实验。

　　新的实验开始了。服了镇静剂的赵志林已沉入深深的睡眠中，这时仪器把一卷录上西班牙语的磁带（事先已知道，赵志林一点也不懂西班牙语），连同有关的文字图形一起转换成电脉冲，输入了他的大脑。三个小时后，赵志林慢慢地睁开了眼睛，这时，一个奇迹出现了：他拿起一本西班牙语的书，立刻用十分纯正的语音念了起来……

　　研究成功了，激动得热泪盈眶的许立颖，喃喃地说："我们有办法使中国人民变成最聪明、最有学问的人了。"

《鲨鱼侦察兵》，中国少年儿童出版社，1979年6月

荒野奇珍

郑文光

今年暑假，我妈正好有一个月假期。她带我到舅舅家去度假。

舅舅家住在大山沟里。他有一个女儿叫秀妞儿，和我同年龄，也是12岁。她远比我灵巧和麻利，爬起山来，就像羚羊一样，转眼间就能蹦跳到高坡之上。

一天，她说要带我去参观古代文化遗址。还说，曾有一支考古队在那儿折腾了好几年，找到了几万年前人们用过的东西。我怀着一种好奇心，跟她在荒山野岭中行走了两个多小时，谁知一到遗址，大失所望，现场是一片废墟。秀妞儿看到我情绪不高，便对我说："有意思的东西都叫考古队拿走了。但是虎崖沟那边的小山子，却真的捡到了一个宝贝，有一回被我亲眼看见了。那天正好下大雨，外面打着雷，这块像铁一般的东西，突然亮光闪闪——好像内部有一千盏灯似的……这块重得像铁的宝贝到他们家后，真给他们带来了好运道，家里接连发生了喜事，小山子他爹为此特意买了一块红绸子把它包起来，初一、十五还烧香呢……"

秀妞儿这一席话，引起了我极大的兴趣。我请求她带我去看一看。秀妞儿感到有些为难。因为他们没有大庆喜事，从不打开来。经我一再央求，她才答应设法让我看一下。

我们找到了小山子，秀妞儿命令他坐下，并板着脸说："你不是想要一顶军帽吗？他有，但你得把你们家供的宝贝给他看一下。"小山子不敢答应，怕爹知道了要揍他。更何况读中学的二姐放暑假也在家里。可是，他多么想要一顶军帽啊！于是，他就咬着牙说："行！明天前半晌，你们到我家来。若二姐知道告诉爹，我就让爹揍。"秀妞儿果断地说："不能让你爹知道。明天我来想办法瞒过你二姐。"

我们回到家里，把这件事告诉了妈妈。妈妈要我们把宝贝拿回来给她瞧瞧。第二天，我戴了军帽，和秀妞儿一起来到小山子的家。果然他二姐也在家，秀妞儿对她说："中学的李老师叫你到学校里去一下。"她信以为真，便跟着秀妞儿到学校去了。小山子从我头上掀起军帽，戴在自己的头上。我催促他要看宝贝。他从橱柜顶上，拿下一个红绸包儿给我。我赶紧打开一看，这是什么宝贝啊！灰蒙蒙的，没有炫目的光彩，在这废铁似的金属上面，布满了细小的疙瘩和一些莫名其妙的花纹。我以为小山子在骗人，但是一抬头，看到他的目光揉合着虔诚、专注和毕恭毕敬的神色。我便确信，这就是他家供着的宝贝。

机灵的秀妞儿，甩掉了小山子的二姐回来了。小山子从我手上拿走了他家的"宝贝"，秀妞儿使劲一拽他的袖子，那块"宝贝"落在地上。趁这机会，秀妞儿用早已准备好了的废铁，调换了那宝贝儿。接着，便拉着我回家去了。

回家后，秀妞儿掏出那块金属递给我妈。她先是掂掂分量，又敲了敲，听听声音，然后眯细眼睛仔细瞧着。这时，正好阳光射进屋来，蓦地，我发觉妈妈的眼睛一下子瞪得老大。我妈妈是电子工程师，她稍停了一下说："如果我没有看错，这是普天下最珍贵的宝贝。光它的两面，就是两块超大规模集成电路板。"秀妞儿喊了起来："几万年前的古人能制造这个东西吗？"妈妈沉吟了好大一会儿，才决定要把它寄到电子研究所去。

不久回信来了。信中说："寄来的东西，确实是两块超大规模集成电路晶片包着的精密电子仪器。每块晶片都包含有上亿个电子元件。这是现在任何一个实验室、研究所或工厂，都生产不出来的。而且，值得惊讶的还是两块晶体当中的金属。一天，外面雷雨大作，我们忽然看到它里面冒出极其明亮的闪光。这也许是天地感应现象吧？！不过我们还是弄不清楚，有待进一步研究。此外，我们还对发现这个精密电子仪器的地点极感兴趣。它真是新石器时代的遗址吗？远在几万年前，人类能制造我们今天也制造不了的仪器吗？我们讨论了很久，还请教了专家，结论只有一个：这个电子仪器不是地球的产物，它是外星球的人带到地球上来的……另外，我们已向科学院报告，给发现并献出这个仪器的人以奖励……"

看到这里，秀妞儿和我都跳了起来。妈妈吁了一口气说："说真的，除了小山子一家，秀妞儿也应该受到奖励。古往今来多少'神偷'，有谁比你作过更大的贡献呢？"

《海姑娘》，科学普及出版社，1979年10月

女排7号

郑文光

星期天一大早，同院的马小哲邀我去看八一队对青年队的排球表演赛。可是我并不想去，因为在昨晚的决赛中，青年队已输得一塌糊涂。马小哲神秘地说："今天是表演赛！听说有个女排7号上场，她是我爸的老朋友'王工'亲自培养出来的好手……"

奇怪，"王工"不是电子工程师吗？他怎么会培养排球运动员呢？我怀着一种好奇心，和马小哲一起去观看排球赛。

表演赛尚未开始，观众席上就已经坐满了人。只见一个样子十分严肃的短发姑娘坐在头发灰白的王工程师旁边，她就是7号。

球赛开始了。说来真奇怪，无论什么球，落到7号手里，都丢不了。她那精湛的球艺，赢得了观众一阵阵掌声。现在，八一队发球，球发得很漂亮，是一种飘球，接这种球，不当心就会"持

球"。这时突然发生了意料不到的事，青年女排的五个队员蓦地散开，站在后排的7号，竟然在离网足有三米远处跃起直接扣球，球在网的上部被绊了一下，终于滚过去了。这一手太漂亮了，运动场上又响起了掌声！第一局青年队赢了，15：3。

第二局八一队换上几个1.9米的队员。她们的扣球可真厉害，就像从头顶上往下压一样。青年队别的队员都招架不住，只有7号，不管在什么位置，都能把球救起。奇怪的是，她救起的球，从不传给自己人，而是稳稳当当地直接送到对方阵地上。

球赛正在紧张地进行着。八一队一个队员猛扣一球，斜落在青年队一方的界线上。7号正立在旁边，本来一伸手就可托起的球，她却把眼睛睁得大大的，看着球落下去。主裁判判八一队得分，可是副裁判反对，说是"界外球"。观众也因此争执起来。最后，大家当场看了重现这个球的慢动作电影，果然是界外球，离界线只有两厘米。

电影是谁拍的呢？7号离开那个球还不到一米远，为什么电影拍不到她？莫非是7号自己拍的。但是她在打球呀，怎么拍呢？

观众正在议论纷纷的时候，球赛又暂停了，王工程师开始给大家讲女排7号的秘密。他让7号站在球场中间，捧着她的头拧呀拧的，竟然把头拧下来了，露出许多电线、晶体片和其他零件。原来这是一个机器人，一个身手矫健的机器排球运动员！王工程师伸出手来，从机器人的眼窝里掏出一个小圆盒子："这就是自动摄影机！每个球的飞行路径都被记录下来了。机器排球运动员自己能作出判断：怎么接，怎么拦；或者等它出界。这样的运动员是万无一失的！我们的目的当然不仅仅是为了制造一个机器排球运动员。这次试验主要是看看机器人能否在瞬息万变的球赛中发挥作用。结果大家都知道了，她没有丢过一个球。现在，我们只要改变发给这个机器人的指令，就可以让它担当别的角色，例如驾驶宇宙飞船，潜入海底，或者进入没有一个消防员能进入的烈火中救人，让它们到达人们不便于到达的地方，去干不适宜于人干的事……"王工程师的讲话被雷鸣般的掌声打断了，比刚才看女排7号的表演还要热烈，还要激动人心。

《海姑娘》，科学普及出版社，1979年10月

蓝色的牧场

郑渊洁

暑假到了。瑞瑞和云云两姐妹，乘坐高速电磁悬浮列车来到了海边。在海边工作的叔叔开着水陆两用车来接她们。

两用车把他们带入蔚蓝色的大海，开进了海底一座大玻璃房子。里面布满了各种仪器和仪表，几位叔叔阿姨在荧光屏前工作着。这就是海洋牧场的总控制室。在这里，可以遥控各牧区的放牧，还可以通过电视直接观察鱼虾的情况。

从荧光屏上，她们俩知道，海豚是1号牧区的放牧员，海狗是2号牧区的放牧员。为什么它们能当放牧员呢？瑞瑞和云云奇怪极了。叔叔告诉她们：在动物中海豚的脑子最发达，它的脑细胞是轮班休息的，因而可以不分昼夜地值班；野生的海狗食量很大，这里的海狗经过特殊训练，能很负责任地放牧着鲑鱼。

这个牧场是拿什么来喂鱼的呢？叔叔介绍说，大鱼吃小鱼，小鱼吃虾米，虾米吃浮游动物，浮游动物吃浮游植物。这里建立了巨大的海洋温室，用人工控制海洋的温度，用人造太阳模拟自然界的太阳，使浮游植物大量繁殖。

叔叔还带着瑞瑞和云云坐车去参观了各牧区。在那里，她们看到了饲养的鲸、对虾、沙丁鱼、鲳鱼、海鳗等。还认识了放牧员海

豹、海象、海狮和海獭，当然还有海牛了。

《儿童文学》，1979年8月号

奇异的服装店

郑渊洁

妈妈答应给我做一件漂亮的演出服，参加今天晚上学校召开的联欢会。现在已经下午两点了，妈妈还没回来，真是急死人。

突然，电话铃响了。妈妈叫我等在门外，她马上开车来接我去做衣服。我挂上电话，心里凉了半截，别说做，就是裁也来不及。门外传来了喇叭声，我只好跟妈妈坐上车子。

车子停在前天刚开始营业的"化学速成服装店"门前。当我们走进大厅时，一个机器人热情地接待我们，并领我走进那间有机玻璃房间里。它用激光全息照相，把我全身上下左右都照下来，然后送入电子计算机。根据电子计算机提供的数据，泡沫塑料模型机很快就做出一个与我体型一样的聚苯乙烯泡沫塑料模型。只见天花板上伸下来四只机械手，都拿着喷枪，从不同角度向塑料模型喷去。喷射的是含有各种纤维单体、颜料和抗静电剂的快速聚合混合物。

当机械手喷涂完毕后，机器人根据我们的意见，熟练地修改了"衣服"的样式。然后，根据我的喜爱，分别在上衣和裙子上喷了一层掺有永久性香精的颜料。最后，机器人按下电钮，衣服很快就干燥了，还粘上拉链和纽扣。我穿上这身崭新的衣服，对着镜子一照，美观、大方、合身。它一定会为我们的演出增添光彩！

《儿童时代》，1979年第19期

菜地里的战斗

钟梦贤

老韦接到办公室的通知，一群"黄守瓜"——外貌酷似萤火虫的农作物害虫，已侵入13号菜区。

老韦用电话向生物防治研究所所长小李下达了命令：先让"水陆两栖部队"开上去。这时，电视荧光屏上出现了从空中徐徐降落的一个个蛙箱，蛙箱开处，群蛙纷纷冲将出来，投入战斗。不一会，就歼灭了一大半入侵者，吓得残敌四处逃命。

可是，这些"黄守瓜"已在菜叶上撒下了许多虫卵。为了不留后患，老韦下达了第二道命令：让"装甲部队"、"航空部队"全线出击！顿时，像装甲车似的七星瓢虫和异纹瓢虫等，成群结队地在菜田搜索和吞食虫卵；而赤眼蜂则从天而降，把尾端刺入虫卵，产下几颗蜂卵，让后代慢慢地吸取虫卵的营养。

怎么消灭逃散的害虫呢？小李向老韦请示：是否把"生物灭虫盒"拿来一试。他解释说，这黄色小盒装的是雌性"黄守瓜"，它们会发射出一种"雌性求偶信息"，以招引周围的雄虫。那黑色小盒装着用激素处理过的"黄守瓜"雄虫，它们能发射出一种"雄性求偶信息"来招引雌虫。

黄色的和黑色的小盒放进了菜田，没多久，隐藏在四处的"黄守瓜"纷纷朝小盒扑去。可是，这些"好色之徒"一触及小盒，就"刷"地往下掉，再也不能动弹了。原来，小盒外层是通了高压电的金属纱网。

《广西科技报》，1979年10月5日

赵岚和她的双亲

周保庆

　　赵岚是个十六七岁的大学生。她的爸爸赵飞是一位在国际上享有盛誉的物理学家，他把自然界已被发现的四种力——电磁力、引力、强力和弱力，统一在一个复杂而严谨的数学公式里，轰动了科学界。她的妈妈杨慧是一位专门研究癌细胞"改邪归正"的肿瘤病毒学家。不幸的是，她的双亲在相隔半年的时间里相继去世了。她的妈妈在她将要彻底征服癌症的时刻，被一种可恶的病毒夺去了生命；她的爸爸赵飞是在出国讲学回来，在长江岸的翡翠山上稍事休息时，被一只凶猛的金钱豹咬死的。这两次沉重打击，在赵岚的心灵上造成了一道难于弥合的创伤。

　　在赵飞逝世一周年的前夕，有一家刊物约请赵岚写一篇纪念她双亲的回忆文章。正当赵岚写完这篇回忆文章时，门铃响了，她家的佣人兼汽车驾驶员"阿勤"进来告诉她：张博教授来访。张博是赵飞生前最要好的朋友，也是赵岚最尊敬的长辈，现在担任东海医学研究中心的首席顾问。赵岚一听是张教授来访，立即出门迎接。

　　赵岚和张教授亲切地叙谈了一会，张教授看见桌上放着赵岚刚写好的稿子，拿过来看了一下，然后用一种不近情理的口吻，劝说赵岚把稿子烧了，脸上还显露出一种诡谲的微笑。赵岚听了感到非常惊异。张教授请赵岚明天早晨八点到瀛岛去接受一项特殊任务，但他对此不作任何解释就走了。这更使赵岚感到迷惑不解。

　　第二天一早，赵岚坐上由机器人"阿勤"驾驶的汽车来到瀛岛。她刚下汽车，从远处的花丛中传来她父母的笑声。赵岚顺着笑声的方向望去，只见她的爸爸和妈妈正朝着她走来。这是怎么回事？莫非是幻觉。她定了定神，看清楚来人确像自己的双亲，但又怀疑他们会不会是机器人。正当赵岚呆若木鸡的时候，张教授来了。他在一旁催促着赵岚赶快过去见见她的爸爸和妈妈。赵飞和杨慧也已走到赵岚跟前，亲热地拥抱着赵岚。

原来，在杨慧被一种病毒夺去生命后，根据张教授的意见，对她进行了低温处理，实行"人工冬眠"。后来，由于她开创的征服癌症的事业取得了重大突破，已能使她体内的病毒"改邪归正"，杨慧就从长达一年半的酣睡中醒了过来。赵飞自从那次受金钱豹袭击而即将奄奄一息的时候，由东海医院前往急救的直升机带去了人体低温处理设备，也对他实行了"人工冬眠"。一年来，生物医学工程取得了令人瞩目的成就，工厂里制造的性能优良的人造器官，已能弥补赵飞内脏的缺损，使他的生命得以恢复。正是现代科学帮他们从死神手中夺回了生命。

《榕树文学丛刊》，1979年第2期

失踪了的弟弟

朱技能

我的弟弟宏宇是空军飞行员。20年前，他在一次执行任务中，突然失踪了。

事情经过是这样的：一天下午，宏宇和他的机飞行员邓林，驾着新型喷气式战斗机正在空中试飞，忽然在蓝天中出现了三只闪光的飞碟。他们立即向基地作了请示。基地领导同意他们去追击飞碟。他们的飞机和飞碟相距只有500米时，由于油料即将用完，只得返航。就在这时候，从飞碟中伸出一只机械触手，将宏宇的飞机抓了过去；邓林见此情景，赶忙前去救援，其他两只飞碟立即发出光波束，使他的飞机改变航向。他只得返回基地。两天以后，在戈壁滩上发现了宏宇驾驶的那架飞机的残骸，但始终没有找到他的遗体。

20年来，我一直思念着我的弟弟，他到哪里去了呢？真是老天不负有心人，几天前，当年宏宇的僚机飞行员邓林带来了一个意外的喜讯。有一天，他驾驶航天飞机从赤道上空维修通信卫星回来，在途中收到一份奇怪的电报，使用的是我国20年以前常用的密码。两分钟后，译电员将一张译好的电报稿送到我手里。这封电报竟然是弟弟宏宇从索菲亚斯星球的碟式飞船上发来的，现在他们正在飞向地球的途中。

我立即向军区首长做了汇报，并将情况告诉了中国星际航行研究所。经过推算，宏宇将很快到达太阳系。中国星际航空研究所要我立即去研究如何与宏宇他们保持联系，于是，我就和邓林乘上了气垫轿车，向北京疾驰而去。

《科学爱好者》，1979年1月号

未冻僵的蛇

朱玉琪　　施鹤群

勘探站总工程师沈谦和正在雪地上散步，突然惨叫一声，摔倒在地。沈总的助手小英和站里的几位同志，赶紧将沈总送往北方中心医院进行抢救。经医生会诊，沈总的心脏已损坏，需要用人造心脏来替换。

沈总被送进了手术室。不久，从手术室里走出一位满头白发的主任医师，对他们说："沈总的心脏被一种射线击穿，已经换了一个心脏，伤口处涂了一种生长激素，一小时后就能长出新肉，两小时后刀口愈合，六小时后即可恢复健康。"

几小时后，沈总果真坐在病床上与小英他们谈话了。小英问沈总："早上在野外散步时，你遇到什么了？"沈总想了一想说："我看到天空中有一只老鹰与一条蛇正在进行一场殊死的搏斗。老鹰似乎被蛇咬了一口，脚爪一松，蛇从高空中摔了下来，老鹰却向远处飞去。后来，我在散步的时候，发现了这条蛇，正想用路旁的一根小铁棍朝它打去，突然感到心口一麻，就什么也不知道了。"

"大夫说你的心脏被一种射线击穿了。""啊？！"沈总瞪着双眼，深感问题的严重："看来这条蛇大有文章，那只鹰也有问题。敌人已注意到我们这个稀有元素矿了。"沈总要求马上出院。医生经过慎重考虑，同意他提前出院。

沈总和小英等一起来到边防雷达站，在雷达上发现12000米高空中，有一只老鹰正在作半径为两千米的盘旋，圆心的下面正是中心矿区。几小时后，从不远的地下又钻出一条蛇来，向矿区中心游去。这时，老鹰像流星一样俯冲下去，把蛇抓了起来，正在鹰蛇交接的一刹那，激光武器将它们打了下来。原来，这是一条不会冻僵的机器蛇，双眼能发射杀伤力极强的中子流，腹部全是精密的超小型仪器，敌人用它来盗窃稀有元素矿样。老鹰是一种特殊的洲际运输工具，它腹内除了仪器外，还有一颗自爆炸弹。如果蛇发出特殊的呼救信号，鹰就扑向蛇，与捕捉者同归于尽。

《故事会》，1979年第3期

第一次天战

邹盛铨

公元2000年的某一天，A国突然发射出一簇猎歼卫星，以先发制人的手段，一举击毁B国的卫星预警系统。但是，A国不知道B国在天空深处隐藏着第二套卫星预警系统，由于在这种卫星的表面涂有吸收雷达波的涂料，因而事先未被A国察觉。

B国第一套卫星预警系统遭到破坏后，立即开始组织反攻。一方面命令它的第二套卫星预警系统开始工作，另一方面发射自己的大量猎歼卫星，首先用激光束摧毁A国全部设有武装的卫星，然后双方猎歼卫星互相追逐。B国卫星采取了空间埋"地雷"的方法，在对方卫星追赶的路上撒布集束炸弹和埋设炸药包，加以摧毁，一些自杀卫星还主动将卫星引向自身，同归于尽。最后，A国丧失了全部猎歼卫星，落得个玩火者自焚的下场。

《科学文艺》，1979年第1期